AUF DER SUCHE NACH DEM UNVERGÄNGLICHEN

Eine Reihe zum tieferen Verständnis
großer Dramen der Weltliteratur

William Shakespeare

# MACBETH

Eine Werkinterpretation
auf geisteswissenschaftlicher
Grundlage von

FRIEDRICH OBERKOGLER

Novalis Verlag

Novalis Verlag AG Schaffhausen
Druck: Freiburger Graphische Betriebe
Freiburg i. Br.

ISBN 3-7214-0564-1

# INHALT

# INHALTSANGABE IM ÜBERBLICK

## *Erster Aufzug*

Die vom Schlachtfeld zu ihrem König eilenden siegreichen Feldherren Macbeth und Banquo begegnen auf der Heide drei Hexen, die sie mit glückbringender Prophetie begrüßen: Macbeth würde König werden, Banquo der Stammvater eines Königsgeschlechtes. Während Banquo die Weissagung gelassen als Gaukelspiel abtut, wird Macbeths ehrgeiziges Streben bis in die Seelentiefen affiziert. Seine Gemahlin, bereits durch einen Brief des Gatten von der Glücksbotschaft unterrichtet, entwirft hemmungslos einen Mordplan, der unverzüglich zur Tat werden kann, da der schottische König Duncan die Nacht nach der Schlacht in Macbeths Schloß verbringen will. Ihren noch zögernden, für ethische Werte keineswegs tauben Gemahl weiß sie durch den Vorwurf der Feigheit und Herausforderung seiner Männlichkeit aufzureizen und ihm den Entschluß zur Tat aufzuzwingen.

## *Zweiter Aufzug*

Macbeth wird zum Mörder Duncans; aber die Tat treibt ihn an den Rand des Wahnsinns. Für die nächstliegenden, allen Verdacht verwischenden Obliegenheiten hat er kein Auge. Lady Macbeth beschmiert die trunken gemachten Kämmerlinge mit Blut und legt ihnen den Dolch zur Seite. Die Söhne Duncans, Malcolm und Donalbain fliehen, wissend, daß sie damit den Verdacht des Vatermordes auf sich laden. Sie nehmen dies in Kauf, denn: „Der mörderische Pfeil ist abgeschossen und fliegt noch!“ Es gibt für sie keine Sicherhheit mehr in Schottland. Macbeth's Krönung steht nichts mehr im Wege.

### *Dritter Aufzug*

Noch gibt es keine Ruhe und Sicherheit für den Königsmörder. Macbeth weiß nur zu genau, daß Banquo – Mitwisser der Hexenprophetie und zudem selbst zum Stammvater eines Königsgeschlechtes ausersehen – die Freveltat an Duncan durchschaut. Deshalb „wurzelt in Banquo tief seine Furcht". Skrupellos dingt er Mörder, die ihm Banquo und dessen Sohn Fleance beiseite schaffen sollen. Der Mord an Banquo gelingt, doch Fleance vermag zu entkommen, wodurch wohl der Mitwisser des Geheimnisses um Macbeth's Königtum, nicht aber der Träger der Banquo zuteil gewordenen Prophetie ausgeschaltet ist. Beim Festbankett erscheint dem Mörder sein Opfer; Banquos Geist sitzt auf dem für Macbeth vorgesehenen Stuhl. Macbeth fällt in panischen Schrecken und beschließt, das Hexenorakel aufzusuchen um sich Klarheit und Sicherheit zu erzwingen. Die Dämonen aber wollen ihn in „Wahnwitz und Zerstörung" stürzen. Macbeths Zepter verstrickt sich immer auswegloser in Angst und Verbrechen. Macduff ist nach England geflohen um von Malcolm Hilfe zu erbitten gegen den Tyrannen von Schottland.

### *Vierter Aufzug*

Die Hexen geben Macbeth die von ihm geforderte Sicherheit. Sie warnen ihn zwar vor Macduff, versichern ihm aber zugleich, daß ihm kein von einem Weibe geborener Mensch etwas anhaben könne und daß er nicht eher besiegt werde, bis daß der Wald von Birnam zu seinem Schloß Dunsinan hinaufsteige. Als Rache für Macduffs Flucht nimmt Macbeth Sippenhaft und läßt dessen Frau und Kinder von seinen Schergen niedermetzeln.

## *Fünfter Aufzug*

Lady Macbeth's Seele ist zerrüttet. Sie, die sich einst mit „Dämonen vollzusaugen" erkühnte, die sich selbst „entweibte" und jeglicher „Mutterschaft" begab, wird von Gewissensqualen zernagt. Schlafwandelnd geistert sie nachts durch das Schloß und versucht imaginäre Blutflecken von ihren Händen zu waschen.

Inzwischen naht Malcolm mit einem englischen Heer, dem sich zahlreiche Schotten anschließen. Von ihm und Macduff geführt, rückt es gegen Dunsinan vor. Macbeth erhält die Nachricht vom Tode seiner Gemahlin, doch es ist keine Zeit zur Besinnung, denn der erste Pfeiler seiner Sicherheit stürzt ein: Birnams Wald steigt zum Dunsinan empor. Es ist das Heer Malcolms, das mit Zweigen getarnt dem Schlosse naht. Als für den blutigen Usurpator auch die zweite Säule zusammenbricht, auf die er seinen Mut und seine Sicherheit gründete, ist sein Schicksal besiegelt. Im Zweikampf wird er von Macduff getötet, der nicht geboren, sondern „vor der Zeit geschnitten ward aus Mutterleib". Malcolm, der neue Herrscher, empfängt das Haupt des erschlagenen Tyrannen, von Macduff stolz auf seiner Lanze ihm dargebracht. Schottland ist frei!

# EINLEITUNG

## *Die dramatische Kunst Shakespeares*

Von Shakespeares Kunst eine eindeutig geprägte Charakterisierung zu geben, seine Werke in ein geordnetes Schema einreihen zu wollen, scheint ein Ding der Unmöglichkeit zu sein. Nur eines ist unbestritten: Seine Werke sind „herrlich wie am ersten Tag"; das will sagen, daß sie gleich bewundernswert, gleich gegenwartsnah und aktuell sind, wie zur elisabethanischen Zeit. Und dies allein ist bereits ein Merkmal großer Kunst, den Strom der Zeit zu überdauern, und vergessen zu machen, daß Jahrhunderte seit der Entstehung seiner Dramen verflossen sind, in denen sich das Bewußtsein der Menschheit gewandelt hat, Urteile korrigiert, Ansichten revidiert wurden, Weltanschauungen und Kunstideale einander abgelöst und sich mitunter ins Gegenteil verkehrt haben. Dies alles konnte Shakespeare nichts anhaben; jede Zeit, jede Generation findet sich in seinem Werk wieder, die Klassik gleichermaßen wie die Romantik; jedes Menschenalter entdeckt darin neue Schichten und wird auch in Zukunft durch neu zu erringende Bewußtseinsfernen neue Erkenntnisse daraus schöpfen. Denn dies ist ein zweites Signum jedes wahren und echten Kunstwerkes, daß es „unerschöpflich" ist. Wir denken an die Worte *Hans Sachsens* in Wagners „Die Meistersinger von Nürnberg": *„Kann's nicht behalten, doch auch nicht vergessen; / Und fass' ich es ganz, – kann ich's nicht messen! / Doch wie wollt' ich auch messen, / Was unermeßlich mir schien?"*

Gewiß, man hat dennoch versucht das Unermeßliche zu messen, Bibliotheken füllende Abhandlungen, Analysen, Kritiken und Kommentare sind im Laufe der Jahrhunderte geschrieben worden, aber alle Versuche den Gattungstypus des Shakespear'schen Dramas und dessen Normen in das regelgerechte Schema der europäischen Dramen-Geschichte einzuordnen oder aus ihr abzuleiten, blieben ein – wie einer der hervorragendsten Kenner des Shakespear'schen Werkes in unserer Zeit, *Wolfgang Clemen,* sagt – *„schwieriges und meist vergebliches Unterfangen".(1)* Warum ist dies so? Weil das Dramen-Werk Shakespeares in der Geschichte der abendländischen Dichtung ein Sonderfall ist, eine Gattung „sui generis". Wieder fallen uns dazu Worte Sachsens ein: *„Kein Regel wollte da passen, und war doch kein Fehler darin".* Und sie erweisen sich deshalb als richtig, weil das Werk des großen englischen Dichters einzigartig und einmalig ist. Es war und wird stets das große Vorbild für alle Dramatiker sein, er selbst aber steht für sich, unnachahmlich und nicht nachvollziehbar.

Welche Umstände und Gründe mögen dies bewirken? Wenn schon keine Zu- und Einordnung seiner Werke gelingt, so müßte es doch möglich sein, eine Charakteristik der Ursachen zu geben, die eine derartige definitive Festlegung unmöglich machen. Dieses Sich-Sperren gegen jegliches Normenmaß erscheint umso rätselvoller, da Shakespeare in einem Zeitalter lebte, das den Begriff der Originalität noch nicht kannte. Die Schöpferkraft Shakespeares bezieht sich nicht auf originale Neuschöpfung, sondern auf Umformung eines bereits vorhandenen, von ihm aufgefundenen Materials. So wird er von der Kritik auch oft als der große *„Plagiator"* bezeichnet; und äußerlich gesehen stimmt das auch. Aber er war eben nicht nur „Plagiator", wie Clemen richtig erkennt, *„sondern gleichzeitig ein ‚Amalgamator', ein genialer Umformer, der alles, was durch seine Hände ging, seinen dramatischen Absichten dienstbar zu machen verstand, oft durch nur geringfügige Umstellungen und Änderungen." (1)* Dies entsprach durchaus damaliger Gepflogenheit. Auch auf musikalischem Gebiet schätzte man vor allem den „artifex", der es verstand, das vorhandene, bereits bekannte Themenmaterial neu und meisterhaft zu verarbeiten. Der Erfinder neuer Themen trat dagegen in den Hintergrund.

Damit aber haben wir bereits ein Kriterium der Unmöglichkeit einer bestimmten Einordnung in Händen. Denn die Möglichkeit von allen Seiten, aus den verschiedensten Bereichen seine Bauelemente herbeizuholen und zu verarbeiten ist nur jenem Dichter gegeben, der sich nach keiner Richtung hin festlegt, sich keinem Gesetz einseitig unterwirft.

Eine weitere Besonderheit haben wir in der Überfülle der Gestalten-Buntheit zu erkennen, die uns bei Shakespeare entgegentritt. Keine Gesellschaftsschicht, keine Bewußtseinsebene, keine Weltensphäre bleibt unangesprochen; Könige und Edle, Prinzessinnen und einfache Dorfmädchen begegnen uns, Eigenbrötler, Sonderlinge, Narren und Weise ebenso wie Künstler und Soldaten, Hexen und Elfen, Geister und Dämonen; von den heidnischen Gottheiten spannt sich der Bogen bis zu den christlichen Priestern und Patriarchen. Alle stehen sie vor uns auf der Bühne in einem umfassenden Welttheater, das nicht nur in fernste Vergangenheit blickt, sondern auch über- und untersinnliche Sphären, außermenschliche Regionen in die „Natur" miteinbezieht, von der dieses Werk kündet. So schien Shakespeare, wie wir bei Clemen lesen, *„jeder Theorie über das, was im Drama möglich und erlaubt sei, zu spotten, und man geriet in Verlegenheit, wenn man nun seine dramatische Kunst aus bestimmten Prinzipien oder Gesetzen abzuleiten versuchte."(1)*

Diese Vielfalt und Buntheit der Gestalten ist aber nun gleichzeitig mit einer Sprachkunst verbunden, die nicht schildert und beschreibt, sondern wie von selbst, organisch zwanglos aus dem szenischen Boden erwächst, den uns die Handlung gerade zeigt. Den derbsten Rüpelszenen, den Saufgelagen in den Wirtshäusern eignet eine Realistik, die in ihrer Natürlichkeit nie deplaciert und abstoßend wirken kann, weil sie ebenso echt und glaubhaft erscheint, wie das geschraubte Pathos des hohen Staatszeremoniells, die verträumten Liebesverse einer einsamen Seele, oder die gedankenverlorenen Monologe der Helden. Dazu kommen die zahlreichen pantomimischen Szenen, die Lieder und Tänze, getragen von Übermut und Ausgelassenheit gleichermaßen wie von schwermütigen Lautenklängen. Das *Leben* selbst scheint sich hier auf den Brettern zu offenbaren, die im wahrsten Sinne des Wortes „die Welt bedeuten". *Goethe* hat dies eindringlich empfunden, wenn er sagt: *„Das ist bei Shakespeare, wie wenn das große Buch der Natur aufgeschlagen wäre und die Blätter rasch hin und wider geblättert würden vom Sturmwind des Lebens." (2)*

Es ist daher verständlich, daß man das Werk Shakespeares seit je als *„Naturschöpfung"* verstanden hat, *„als dichtende Weltkraft, als völlig irrationales, unbewußtes Schaffen."(1)* Bereits *John Dryden* (1631 – 1700), der als der Vater der englischen Shakespeare-Kritik gilt, sprach diesen Gedanken aus und Dr. S. Johnson, Englands großer Literaturtheoretiker des mittleren 18. Jahrhunderts meinte, Shakespeares dramatische Kunst würde sich dadurch auszeichnen, daß sie *„nicht isolierte Aspekte der Natur, auch nicht der menschlichen Natur, darstelle"*, sondern daß sie die Natur *„getreu ihrer selbst fasse."(3)* Seine Gestalten trügen nichts Zufälliges oder Teilhaftes an sich, diese menschlichen Kreationen seien vielmehr *„the genuine progeny of common humanity" (3)* – „die echte, wirkliche Nachkommenschaft allgemeiner Menschlichkeit". Und deshalb können seine Dramen als *„mirror of life"* – als „Spiegel des Lebens" angesprochen werden, *„und der Zuschauer wird mit diesen Personen einen solchen Grad der Vertrautheit erreichen, daß ihre Worte der Erwartung entsprechen, die er von ihnen hegt."(3)* Diese Erwartung gilt auch für die geistige Sphäre. *Rudolf Steiner* weist darauf hin, daß man die Gestalten der Shakespeare-Dramen auch mit erhöhtem Bewußtsein auf dem ätherisch-astralen Plan verfolgen und wahrnehmen kann, wo sie volle Realität besitzen: „*Wer in der Lage ist, sich in ein Shakespearedrama hingebungsvoll einzuleben und das Erlebnis dann in diejenige Welt hinüberzuführen, die vor der ‚exakten Clairvoyance' ausgebreitet ist, der kann finden, daß die Gestalten Shakespeares im übersinnlichen Gebiet sich weiter als lebendig vor die Seele hinstellen, während die neueren naturalistischen Dramen sich bei diesem Vorgange entweder völlig in Puppen verwandeln oder gewissermaßen erstarren. In der Imagination leben die Shakespeare-Gestalten weiter. Sie vollführen da nicht dieselben Handlungen wie im Drama; aber sie handeln in verwandelten Situationen und mit einem andern Tatsachenverlauf. Ich glaube, daß durch diese Tatsache die tiefe Einwurzelung der Shakespeare-Gestalten in der geistigen Welt zu finden ist.*" *(4)*

Es handelt sich bei den Gestalten Shakespeares also nicht um bloße Typen oder Repräsentanten gewisser ethischer Ideen, sondern um ein volles, auch die geistige Natur des Menschen umfassendes Leben. Ein „Spiegel des Lebens" aber kann sich nicht auf Normen und Regeln festlegen, er muß Zeugnis sein für Wandlung, Metamorphose, wie das Leben selbst Zeugnis ist des Wechsels und Wandels, durch welche es die verschiedenartigsten, ja auch gegensätzlichsten Elemente zu einer Ganzheit verbindet. Daher zeigt sich uns das Drama Shakespeares als ein „*Drama der Freiheit*" *(1)*, wie W. Clemen es charakterisiert. Und er meint damit nicht nur die Außerachtlassung der Regeln und der drei Einheiten – Ort, Zeit, Handlung –, er subsumiert unter diesen Begriff auch „*die Kühnheit der Erfindung und des Experiments*" *(1)*, die ungewöhnliche Möglichkeiten eröffnen, und „*die Shakespeare in ebenso ungewöhnlicher Weise genützt hat.*" *(1)* Ein Drama also, das für alles offen ist, ein Drama „*der nicht festgelegten und sich ständig wandelnden Form*" *(1)*, das – wie das Leben und die Natur – die verschiedenartigsten Elemente miteinander verbindet und zu einer höheren Einheit zusammenschließt.

Zu diesen ungewöhnlichen Möglichkeiten gehört etwa der Einbezug epischer und lyrischer Elemente in das Drama, wodurch es zu einem „*Sammelbecken der Stiltendenzen und Ausdrucksformen*"*(1)* wird, aber auch die „*Aufnahmebereitschaft für Fremdes und Andersartiges.*"*(1)* All dies ist nur möglich, weil das Shakespeare-Drama von Anbeginn auf keine bestimmte Form festgelegt ist, und alles aufgreift, was ihm die damalige Zeit zu bieten hatte: das handlungsarme klassizistische Rededrama, das volkstümliche Schauspiel in der Nachfolge Senecas, Märchendramen, Schäferstücke, Maskenspiele mit Allegorie und Pantomime, biblische Mysterien und halballegorische Moralitäten und was immer die Zeit an dramatischen Ansätzen und Mischformen aufzuweisen hatte. So also zeigt sich eine Mannigfaltigkeit und Verschiedenheit der Dramencharaktere und formalen Strukturen, wie sie in ähnlicher bunter Fülle auf musikalischer Ebene nur das „Lied" Franz Schuberts aufzuweisen hat. Wie bei dem Meister der Töne kein Lied dem anderen gleicht, so hat auch Shakespeare seinen Dramen von Stück zu Stück einen anderen Charakter und einen anderen formalen Aufbau verliehen. Die nicht von Anbeginn vorhandene Form-Prädestination führte so „*zum wandlungsfähigsten Drama das die europäische Theatergeschichte kennt.*"*(1)* Wie ließe sich da eine eindeutige Regel aufstellen?

Doch die Unmöglichkeit einer exakten Kategorisierung hat noch weitere Ursachen. Das Leben ist voll Widerspruch, und auch das Drama Shakespeares als „mirror of life" zeigt uns das Nebeneinander von Gegensätzen, die jedoch nie beziehungslos nebeneinander stehen, sondern stets zu einem sinn- und beziehungsreichen Ganzen verbunden werden. Auch der „Macbeth" spricht nicht bloß – wie wir erkennen werden – von der Absurdität des Lebens, von der Sinnlosigkeit des irdischen Daseins, so sehr dies von dem Helden des

Dramas auch betont wird. Der letztendliche Nihilismus, in den Macbeth verfällt, wird vielmehr durch ein höchstes ethisches Idealbild paralysiert und dadurch sinnbezogen.

In diese Gegensätzlichkeit fallen aber auch die formalen Stilelemente von Komödie und Tragödie. Man hat zwar versucht auch hier nach Gattungsgesetzen zu kategorisieren und durch die Unterscheidung von „Königsdramen", „Tragödien", „Komödien" und „Romanzen" Übersichtlichkeit in der Vielfalt und Buntheit der Shakespear'schen Dramatik zu gewinnen, restlos überzeugend ist jedoch auch dieses Schema nicht, weil die strengen Gattungsmerkmale immer wieder „überflügelt", deren Grenzen verwischt werden. Und das Wort Dr. Johnsons gilt letztlich heute noch, daß Shakespeares Stücke *„im strengen und kritischen Sinne weder Tragödien noch Komödien, sondern Schöpfungen eigener Art" (1)* sind.

*„Sie enthüllen den wahren Zustand der irdischen Natur, die an Gut und Böse, Freud und Lust, teil hat, welche sich wieder in unbegrenzt vielfältiger Art und zahllosen Kombinationen miteinander vermischen. Sie offenbaren so den Lauf der Welt, in der des einen Verlust der Gewinn des anderen ist, in der zur gleichen Stunde der Fröhliche zum Wein eilt und der Trauernde seinen Freund begräbt, in der die Bosheit des einen zuweilen durch den Scherz des anderen überwunden wird und in der viele Übeltaten und viele Wohltaten absichtslos erwiesen und verhindert werden." (1)*

So könnten wir uns fragen, ob etwa die Pförtner-Szene in „Macbeth" wirklich nur ein heiteres, rein äußerliches Intermezzo ist, das den Sinn hat, uns nach der gräßlichen Mordszene an Duncan wieder zu Atem kommen zu lassen, ehe er uns bei der Entdeckung des Mordes wieder verschlägt. Nur oberflächlich erlebt, mag es wohl so sein. Lotet man jedoch die Tiefen dieses „Intermezzos" aus, zeigt es sich als obskurer Eskalator der Spannung, und Wolfgang Clemen hat wohl recht, wenn er meint, daß uns diese Szene, ähnlich wie die Totengräberszene in „Hamlet", mit ihrem grimmigen Humor *„die düstere Umgebung des Todes nur umso deutlicher empfinden läßt."(1)* Humor und Ernst, Groteske und Tragik verweben ineinander und selbst die derbsten Rüpelszenen sind in Wahrheit ein ernster Kontrapunkt zum Hauptmotiv des Dramas, das uns dadurch in ein ganz bestimmtes, markant-kontrastierendes Licht gerückt wird.

Wie Ernst und Humor, so steht auch Naturalistisches neben Unrealistischem und verschlingt sich, so daß wir trotz der Lebensechtheit der Bilder und Vorgänge, trotz der Vollsaftigkeit der Gestalten, nie den Eindruck gewinnen, auf dem Boden sinnlicher Wirklichkeit zu stehen. Die Shakespearebühne kennt keinen Naturalismus im Sinn eines Gerhart Hauptmann oder Henrik Ibsen. Immer wahrt sie den „schönen Schein" und selbst die ausgelassensten Wirtshaus-Szenen behalten den Schleier eines Unwirklichen, Traumhaft-Imaginativen.

Das große Zaubermittel aber, durch das all diese Gegensätzlichkeiten zu einer höheren Synthese verschmolzen werden, ist die *Sprache*. Die Sprache Shakespeares – wenn wir vielleicht von seinen frühesten Dramen absehen – ist nie Selbstzweck. Seine Sprachkunst verbindet sich vielmehr eng mit seiner Bühnenkunst und wird so zum treibenden Faktor der Dramatik. Bei jedem Vers, den Shakespeare schrieb, ist er Dichter und Schauspieler zugleich. Wie er als Dichter in jede seiner Gestalten hineinschlüpft, sie in ihrem individuellen Charakter und persönlichen Habitus ganz erfaßt, so ist er bei jedem niedergeschriebenen Vers zugleich auch der große Schauspieler, der stets das Wort mit der Gebärde, die Gebärde mit dem Wort vor sich sieht. Tonfall, Bewegung, Gestik und Mimik, die ganze Skala schauspielerischer Ausdruckskraft ist in Vers und Wort hineingezaubert.

Und damit kommen wir zu einem weiteren unfaßbaren Phänomen seiner Kunst. Müßte man doch annehmen, daß durch diese Verschmelzung von Dichter und Schauspieler sein Drama eine ausgesprochen subjektive Färbung erhalten müsse. Gerade das Gegenteil ist der Fall. Shakespeares Dramen sind das Objektivste, das man sich denken kann. Es sind Dichtungen, die zwar im höchsten Maße die Menschenseele ergreifen und affizieren, die jedoch niemals subjektiv ermahnen oder belehren wollen. Licht und Schatten, Schönes und Häßliches, Gutes und Böses, Ernstes und Heiteres stehen nebeneinander, ausgeführt mit derselben Liebe und Hingabe an Wesen und Charakter der jeweiligen Gestalt. Wer möchte aus der dichterischen Darstellung, der dramatischen Ausführung erkennen wollen, ob dem Dichter ein Othello näher stand als ein Jago, ein Macduff näher als ein Macbeth? Für Clemen ist daher das Shakespeare-Drama ein *„Drama des inneren Ausgleichs.“ (1)* Wie es *eine* Sonne ist, die Tat und Untat, Glück und Schmerz, Göttliches und Widergöttliches bescheint und erwärmt, so leuchtet auch die Dichtersonne Shakespeares über alle Geschehnisse des Dramas, erwärmt den Helden wie den Schurken und verleiht selbst der kleinsten Rolle, mag sie edel oder abscheulich sein, das gleiche krafterfüllte Leben. Niemals wird uns ein Drama Shakespeares nur in *eine* Richtung führen, sei es, daß es einseitig von einem bestimmten Charakter beherrscht würde, sei es, daß einseitig einer Seins-Ebene, einer irdischen oder geistigen Region, Raum gegeben wird. Neben Lear steht Kent, neben Goneril und Regan steht Cordelia, neben dem schwärmerischen Romeo sehen wir den spöttischen Mercutio, neben dem ekstatisch-düsteren Macbeth tritt der besonnene Banquo und der lichte Macduff. Immer kontrapunktiert eine Stimme die andere und korrigiert sie, indem sie ihre Relativität aufzeigt; aber immer waltet die von Geist und Stoff erfüllte Ganzheit des Lebens. *Gottfried Herder* hat diesen umfassenden kosmischen Geist Shakespeares in ein tiefempfundenes Gleichnis gebracht: *„Wenn bei einem Manne mir jenes unge-*

*heure Bild einfällt: ‚Hoch auf einem Felsengipfel sitzend! zu seinen Füßen Sturm, Ungewitter und Brausen des Meeres; aber sein Haupt in den Strahlen des Himmels' –, so ist es bei Shakespeare."*

Und der Dichter selbst, wo steht er? Was er selbst geglaubt hat, wem sein eigenes Herz entgegenschlug, wir wissen es nicht. Selbstlos tritt er hinter seine Gestalten zurück, denen sein Genius vollsaftiges Leben, höchste Eigenheit und Persönlichkeitsgewicht einhauchte. Er jedoch steht im Hintergrund, als Dichter wie als Mensch. Wie oft spricht Goethe aus dem Munde seines Faust zu uns, wie hören wir den Idealisten Schiller durch Max Piccolomini, durch Tell zu uns sprechen, aber wir wissen nicht, ob Hamlet Shakespeares Sprachrohr ist, Lear, Romeo oder Cäsar. Wo Shakespeare selbst stand, ist nicht zu beantworten. Vielleicht, daß uns „Prospero" im „Sturm", Shakespeares letztem Werk, ein ganz klein wenig das Geheimnis lüftet. Vielleicht! Aber Wolfgang Clemen hat nur zu recht, wenn er meint, daß, könnten wir Shakespeares eigenen Standpunkt finden, die *„großartige Objektivität dieser dramatischen Welt weniger vollkommen wäre, als sie es ist." (1)*

Das sagt freilich nicht, daß Shakespeare mit seinen Dramen nicht ein Anliegen verbunden hätte, das ihm zutiefst am Herzen lag, daß er überhaupt keinen Standpunkt bezogen hätte. Von diesem Anliegen spricht jedoch das Drama in seiner Ganzheit, spricht sein geistiger Gehalt, der Läuterungsprozeß, das „Walten der Gnade" – „by the grace of Grace" –, wie sie fast alle Werke Shakespeares durchziehen, spricht die Verklärung des Guten und Edlen, auch wenn es dem Tode preisgegeben ist. Diese Gesamtwirkung ist es, die den Zuschauer bewegt und die er als Bekenntnis des Dichters in sich aufnimmt.

So ist es sicher auch kein Zufall, daß sich Shakespeares Persönlichkeit für die Nachwelt hinter einer gewissen Anonymität verbirgt. Dieser Schleier, durch den der Dichter biographisch nicht mit gleicher Eindringlichkeit entgegentritt wie etwa die Gestalten Goethes, Schillers, Beethovens oder Wagners, braucht in uns keineswegs die Spekulation zu erwecken, Shakespeare, wie wir ihn zu kennen glauben, hätte gar nicht existiert. Derartige Spekulationen führen ins Leere. Denn wer immer sich hinter der Persönlichkeit Shakespeares verbergen mag, die 1564 geboren und zweiundfünfzigjährig, 1616 gestorben ist, sie ist mit dem Werk untrennbar verbunden. Der dieses Werk geschrieben hat – *der* – ist es! Das Werk von seinem Schöpfer trennen zu wollen, ist ein beliebter Unfug unserer Zeit. Gewiß, was heute lebt, was zu uns spricht, ist das Werk. Aber hinter diesem steht für uns doch auch immer der Mensch, der es geschrieben hat, der alle Schicksale seiner Helden, alle ihre Leiden und Freuden mit- und durchlebt hat. Mag sich dieser Mensch auch in unserem Falle hinter einer gewissen Anonymität verbergen, so gehört vielleicht gerade diese mit zu seinem Werk; denn sie unterstreicht nur intensiver die unvergleichliche Lebendigkeit dieses Werkes. *„Er, der große fast Unbekannte"*, schreibt Wolfgang Clemen, *„ist als Person weniger wichtig geworden, denn er lebt in allen seinen Geschöpfen." (1)* Und als *Vater* all dieser Geschöpfe verehren wir den *Menschen,* der dahinter steht und ihnen dieses unvergängliche Leben eingehaucht hat: Shakespeare!

Ein weiterer Versuch, sich zu Shakespeares Dramen einen eindeutigen Zugang zu verschaffen, liegt in der Untersuchung des Charakter- und Schicksalproblems seiner Helden. Können wir von einem Schicksals- oder Charakterdrama sprechen? Wie uns die Forschungsergebnisse zeigen, läßt sich auch diese Frage nicht eindeutig beantworten.

Für *Dryden* bedeutet die differenzierte Darstellung der Charaktere keineswegs eine Individualisierung. Für ihn ist der Charakter des Shakespeare-Helden eine *„Kombination von allgemein bestimmbaren Tugenden, Lastern und Leidenschaften."(3)* Es ist dies eine

Konsequenz von Drydens Grundthese, daß die Aufgabe der Kunst die „*imitatio naturae*“ sei –, also völlige Lebensechtheit zu geben. Wobei Dryden jedoch der Meinung ist, daß die Kunst noch darüber hinausgehen müsse und zu schaffen habe, was die Natur selbst nicht hervorbringen kann. Wir werden dieser Auffassung bei Goethe wiederbegegnen.

Ähnlich argumentiert auch *Dr. Johnson,* der, wie wir bereits wissen, in Shakespeares Werken einen „Spiegel des Lebens“ erblickte und daher der Auffassung ist, daß die Verschiedenheit der Personen eben die Mannigfaltigkeit wiedergibt, die in der Natur ist; „*daß sie also nicht einander sich ähnelnde Bilder eines Geistes sind, dessen Vorstellungskraft im Vergleich zur Vielfältigkeit der Natur eng begrenzt ist.“ (3)*

Da beide Auffassungen das Individuelle nicht in Betracht ziehen, ist es auch hinfällig von Schicksal zu sprechen, das ja immer mit der Individualität untrennbar verbunden ist.

Anders dagegen die Charakterinterpretationen unseres Jahrhunderts. Da ist vor allem *A. C. Bradley,* der in seinem 1904 erschienen Werk „Shakespearean Tragedy“ grundlegende, bis in unsere heutige Zeit gültige Aussagen gemacht hat. Bradley deutet den Charakter der großen Tragödienhelden im Zusammenhang mit dem Handlungsgeschehen. Charakter und Handlung stehen für ihn in einer festen Relation, indem „*die Handlungen im Drama ganz entschieden als Ausdrucksformen ihrer Urheber, der handelnden Personen angesehen werden müssen.“ (3)* Hier wird die Schicksalsfrage bereits mit dem Charakter des Helden verwoben. Denn Bradley „*sieht das Tragische der Shakespearschen Helden darin angelegt, daß sie zwar von großer und edler Natur sind, aber dennoch in ihren Handlungen einen Makel zeigen, der zwar im Verhältnis zu dem Edlen ihrer Natur gering ist, der aber in der Entwicklung des Geschehens den Konflikt schärft und in der Katastrophe ihren Untergang herbeiführt.“ (3)* Die Schicksalstragik ist für ihn also nicht etwas, was nur von außen dem Helden zukommt und schließlich zu dessen Untergang führt, er sieht sie auch nicht als eine Kette von Vorgängen an, an deren Zustandekommen der Held völlig unbeteiligt und unschuldig ist. Nach Bradley steht vielmehr der Charakter des Helden im Mittelpunkt, er ist der eigentlich auslösende Faktor seines Schicksals und demnach könnten wir das Shakespeare-Drama in dieser Sicht als Charakterdrama definieren.

Aber die Bradley'sche Auffassung blieb nicht unwidersprochen. *Levin Schücking* z.B. sieht es als Irrtum an zu glauben, daß die Handlungen der dramatischen Personen *„sich immer zur Ausdeutung ihres Charakters verwenden lassen.“ (3)* Denn Shakespeare habe viele Handlungen aus fremden Vorlagen einfach übernommen und habe darin die Charaktere gestaltet, *„aber er habe nicht die Handlungen aus dem Wesen der ‚dramatis personae‘ abgeleitet.“ (3)* Daher trete der Charakter gegenüber der Handlung zurück und der Akzent verlagert sich dadurch auf den Begriff „Schicksalsdrama“.

*Northrop Frye* schließlich versucht in dieser Gegensätzlichkeit zu vermitteln: *„Er sieht die Zugehörigkeit der ‚dramatis personae‘ zu der Gattung des Dramas als bestimmenden Faktor ihres Wesens an.“ (3)* Indem der Dichter eine bestimmte Gattung wählt – Komödie oder Tragödie – steckt er den Umkreis ab, innerhalb dessen sich die Personen bewegen und entfalten können, *„und innerhalb von Gattungsvorstellungen haben sich in der Tradition des Dramas Charaktertypen herausgebildet, die als beispielhaft für die jeweilige Verwirklichung einer dramatischen Gattung gelten können.“ (3)* Damit sind die Konturen von Charakter- und Schicksalsdrama wieder verwischt. Denn Frye macht den Charakter von dem Gattungstypus abhängig. Zwar gelangt auch er zur Vorstellung der Lebensechtheit der von Shakespeare gestalteten Charaktere, aber es ist eine Form der Lebensechtheit, *„die im Einklang mit der Typenhaftigkeit der Charaktere und damit* *ihrer Gattungsgebundenheit steht.“ (3)* Es wäre das Drama Shakespeares dadurch gleichermaßen Schicksals- wie Charakterdrama, womit uns die Eindeutigkeit seiner Bestimmung wieder zerronnen ist.

Unter dem Aspekt einer „Imitatio naturae“, einer „Nachahmung der Natur“, hat John Dryden das Werk Shakespeares erschaut. Und wir hörten, daß auch Goethe diesen Aspekt aufgriff, wenn er von dem „grossen Buch des Lebens“ sprach. Freilich, eine bloße Nachahmung im Sinne eines Nachzeichnens der sinnlichen Realität genügt nicht um ein Kunstwerk zu schaffen. Dessen war sich bereits Dryden bewußt, und er postulierte daher als Auftrag der Dichtung *„to affect the soul, and excite the passions, and, above all, to move admiration“ (3)* – „auf die Seele zu wirken, die Leidenschaften zu erwecken und über all dem Bewunderung zu erregen“. Aber wie löst Shakespeare diese ästhetischen Fragen? Kleidet er gemäß dem antiken Schönheitsideal die Idee, das Göttliche, in ein sinnliches Gewand, oder hat er den Schritt der goetheanistischen Kunstvorstellung bereits vorweggenommen und läßt das Irdisch-Sinnliche im Lichte der Idee erstrahlen? Versinnlicht er die Idee oder idealisiert er den Stoff? Für beides fänden sich bejahende Antworten, da hinter aller Lebensechtheit stets höchste ideelle Realitäten verborgen wirken.

Daß dieser über die Natur hinausgehende Auftrag ein wesentliches Kriterium der Kunst ist, spricht Shakespeare in „The Winter’s Tale“ – im „Wintermärchen“ – selbst aus, wenn er Polyxenes Perditas Worten über die Gartenkunst entgegnen läßt, daß es auch eine Kunst gebe, die nicht nur der Natur etwas hinzufügt, sondern eine Kunst bedeutet, die selbst Natur ist:

„Doch wird Natur durch keine Art gebessert,
Schafft nicht Natur die Art: so, ob der Kunst,
Die, wie du sagst, Natur bestreitet, gibt es
Noch eine Kunst, von der Natur erschaffen.

Du siehst, mein holdes Kind, wie wir vermählen
Den edlern Sproß dem allerwildsten Stamm:
Befruchten so die Rinde schlechtrer Art
Durch Knospen edler Frucht. Dies ist 'ne Kunst,
Die die Natur verbessert, – mind'stens ändert:
Doch diese Kunst ist selbst Natur."

Dieses Wort des Polyxenes charakterisiert das gesamte Dramenwerk Shakespeares. Denn ganz im Sinne Goethes, demzufolge der Mensch *„auf den Gipfel der Natur gestellt"*, sich *„als eine ganze Natur"* ansehen darf, *„die in sich abermals einen Gipfel hervorzubringen hat" (5)*, sind diese Polyxenes-Verse zu verstehen. Dieser neuerliche Gipfel ist eben das Kunstwerk, das nicht *nach* der Natur geschaffen ist, auch nicht der Natur bloß etwas hinzufügt, sondern eine eigene Schöpfung bedeutet, die *wie* die Natur, nach denselben gültigen, göttlichen Gesetzen erstanden ist. Nicht um ein äußeres „Okulieren" handelt es sich, wie man die Worte des Polyxenes äußerlich deuten könnte, sondern um das alchimistische Geheimnis, die „natura naturans" in ihren ätherischen Bilde-Kräften zu belauschen und nachzuvollziehen. *„Der Alchimist sucht die übersinnlichen Kräfte, die in der sinnlichen Welt wirksam sind. Indem er schauend in die Vorgänge der Natur eindringt, muß er das Erschaute in seine Erkenntnis hineinnehmen, d. h. er muß von der bloßen Natur-Alchimie zur Kunst-Alchimie fortschreiten." (6)* Nach diesem Prinzip hat der „Esoteriker" Shakespeare in Wahrheit seine Dramen geschaffen. Diese Kunst-Alchimie ist die höhere Ebene, auf der sich alle Perspektiven vereinigen, unter denen man sein Werk beleuchten kann: Kunst und Natur, Charakter und Schicksal, in all seiner bunten, gegensätzlichen Mannigfaltigkeit und Lebensechtheit.

Daher hat die Vorklassik und Klassik in dieser „Naturschöpfung" der Dichtkunst Shakespeares die dichtende Weltkraft selbst gesehen, ihr irrationales, unbewußtes Schaffen. Und wir verstehen die Haltung Goethes, von der er zu Eckermann sprach: *„Shakespeare, der doch ein Wesen höherer Art ist, zu dem ich hinaufblicke und das ich zu verehren habe."*

Die heutige Auffassung freilich ist nach W. Clemen eher geneigt, in seinem Schaffen ein *„bewußtes künstlerisches Wollen, eine höchst verfeinerte und ihre Mittel genau aufeinander abstimmende Gestaltungskunst zu erkennen."(1)* Wir möchten in unserer Sicht noch einen Schritt weitergehen und meinen, daß dieses „bewußte künstlerische Wollen" getragen war von einer Initiationsweisheit, die Shakespeare in der Esoterik eines echten Rosenkreuzertums gefunden hat. Einbezogen ist in dieses künstlerische Wollen der gesamte kosmische Raum; nicht nur die einzelnen Personen sind Vermittler der Handlung, auch das Universum mit seinen kosmischen Gewalten, seinen Elementarwesen, sind als Handlungsträger mitbeteiligt. Wieder ist es Goethe, der dies erfaßt und empfunden hat: *„Selbst das Unbelebte drängt sich hinzu, alles Untergeordnete spricht mit, die Elemente, Himmels-, Erd- und Meerphänomene, Donner und Blitz, wilde Tiere erheben ihre Stimme, oft scheinbar als Gleichnis, aber ein wie das andere Mal mithandelnd."(2)*

„Mithandelnd" im echtesten Sinn des Wortes. Denn dieses Universum ist von realen Wesenheiten erfüllt. Diese sind die unsichtbaren Akteure, die sich in menschliches Handeln mischen. Und damit kommen wir der vielleicht wichtigsten Einzigartigkeit des Shakespeare'schen Dramas am nächsten: der Mehrschichtigkeit seiner Bedeutungsebenen. Man darf ja nicht übersehen, daß zur elisabethanischen Zeit der Okkultismus – im besten Sinne des Wortes – in Blüte stand. War diese Zeit doch eine Übergangsepoche, in der die mittelalterlichen Glaubensvorstellungen im Verblassen waren und die moderne, immer stärker in den Nominalismus schlitternde, die geistigen Realitäten negierende Philosophie ihren Anfang nahm. So fühlte man sich gleichsam vom Chaos bedroht und suchte nach Mitteln, die zeitlose

Weisheit, die bislang vom Glauben getragen war, auf andere Weise festzuhalten. Jede derartige Zeit, in der die Menschen instinktiv fühlen, daß sie ihr eigentliches Menschsein zu verlieren drohen, zeigt uns die Tendenz, Zuflucht zu nehmen zum Übersinnlichen, sich esoterischen Wahrheiten in erhöhtem Maße zuzuwenden. Und auch das Theater besinnt sich dann auf seinen ureigentlichen Ursprung, aus dem es als griechische Tragödie erblüht ist: auf die Mysterien, in denen sich das Ur-Drama einst vollzogen hat. So haben Theater und Okkultismus ein gemeinsames Ziel: dem Menschen durch Katharsis, durch eine mystische Läuterung, das Bewußtsein seines göttlichen Ursprungs zurückzugeben. Das Gedankengut eines Nikolaus von Kues, eines Pico della Mirandola, eines Marsilius Ficinus, Agrippa von Nettesheim, Trithemius von Sponheim und vor allem jenes des bedeutendsten Hermetikers – *Paracelsus* –, war ein das Leben der gebildeten Welt beherrschendes. Und Elisabeth I. selbst zeigte an diesen Vorstellungen und Fragen höchstes Interesse und protegierte auch ihr Leben lang diese Gelehrtenwelt. Es ist daher undenkbar, Shakespeare *nicht* in diesem okkult-esoterischen Zusammenhang zu sehen. Man denke allein an die tiefsinnige Symbolik, an die unzähligen Metaphern, derer er sich bedient, und deren Bildgehalt er aus einer spirituell erlebten Flora und Fauna bezieht. Die Blumen, die Ophelia an die Zeugen ihres Wahnsinns austeilt, die Blumen, die Perdita im „Wintermärchen" den Gästen des Schafschurfestes überreicht, zeigen dem Kenner einer durchgeistigten Pflanzenkunde, wie tief Shakespeare in die höheren Geheimnisse der Natur eingeweiht war. Nicht anders ist es mit der Metaphorik menschlicher Seelenregungen. Die Angst hat ihre Reptile, der Zorn seine Raubtiere, die Liebe ihre Frucht, der Wahnsinn sein Unkraut:

„O Gott, er ist's; man traf ihn eben noch

In Wut, wie das empörte Meer; laut singend,
Bekränzt mit wildem Erdrauch, Windenranken,
Mit Kletten, Schierling, Nesseln, Kuckucks-
blumen
Und allem müß'gen Unkraut, welches wächst
Im nährenden Weizen..."
(König Lear, IV/1-6)

Den höchsten Ausdruck aber all dieser spirituellen Vorstellungen und Gedanken mußte Shakespeare zweifellos in der Philosophie der Rosenkreuzer finden, die in England bekannt wurde, als der Dichter seine bedeutendsten Dramen schrieb. Man denke in diesem Zusammenhang an die tief-esoterische Bedeutung der Tiersymbolik auf den Bildern von Hieronymus Bosch. Und „Der Kaufmann von Venedig", „Das Wintermärchen" können beredte Zeugnisse sein, wie sehr der große englische Dramatiker die Geheimnisse der „Chymischen Hochzeit" des Valentin Andreae gekannt hat und ihm die Bedeutung ihrer Bilder geläufig war. Ein tieferes Shakespeare-Verständnis wird daher nur dann zu erringen sein, wenn man sich diesen heute verlorenen und unbekannten Bezirk der elisabethanischen Geistigkeit neu erringt. Die Geisteswissenschaft *Rudolf Steiners* zeigt uns in überreichem Maße die Wege dazu auf und läßt uns erkennen, wie sehr Shakespeares Werke unter einer Rosenkreuzer-Inspiration geschrieben worden sind. Durch Rudolf Steiners Darstellungen läßt sich aber auch die vorhin erwähnte Mehrschichtigkeit der Bedeutungsebenen in Shakespeares Drama ganz exakt aufspüren und verfolgen. In dieser Richtung wird unsere Aufgabe in den Besprechungen vor allem liegen.

Und wieder ist es die Sprachgewalt, die uns in ihrer Symbolik und Metaphorik unter der Oberfläche des äußeren Handlungsverlaufes jene unsichtbare, aber reale Geistebene entschleiert, auf der sich das eigentliche, wahre Geschehen abspielt. Auch dies hat *Goethe* klar und einzigartig erkannt: *„Shakespeares Werke sind nicht* *für die Augen des Leibes! Das Auge mag wohl der klarste Sinn genannt werden, durch den die leichteste Überlieferung möglich ist. Aber der* innere *Sinn ist noch klarer... Shakespeare nun spricht durchaus an unseren inneren Sinn... Betrachtet man die Shakespeare-Stücke genau, so enthalten sie viel weniger sinnliche Tat, als geistiges Wort.“(2)*

Dieses „geistige Wort“ muß für unsere Dramen-Betrachtung das Leitbild sein, da es im Sinne der Geisteswissenschaft Rudolf Steiners die eigentliche Realität ist, die hinter allen irdischen Wirklichkeitsbezügen steht, und die sich auch in den Rosenkreuzer-Imaginationen zum Ausdruck bringt. Dieses Leitbild soll aber nicht nur für das vorliegende Macbeth-Drama Geltung haben, sondern auch für alle weiteren Shakespeare-Besprechungen, die künftig in dieser Reihe noch zur Darstellung kommen werden.

## ERSTER AUFZUG

### *Das Hexen-Orakel (Szene 1-4)*

*Erste Hexe:*
„Wann kommen wir zwei uns wieder entgegen,
im Blitz und Donner, oder im Regen?
*Zweite Hexe:* Wenn der Wirrwarr stille schweigt,
Wer der Sieger ist, sich zeigt.
*Dritte Hexe:* Das ist, eh' der Tag sich neigt.
*Erste Hexe:* Wo der Ort?
*Zweite Hexe:* Die Heide dort.
*Dritte Hexe.* Da wird Macbeth sein. Fort, fort!
(I/1)

Umkreis der Atmosphäre – Schlachtgetümmel – Zeit – Ort – *Mensch!* – Und wieder Zerstieben in Wolken und Wind; – mit diesem Zick-Zack reißen die Hexen den zweiten, hintergründigen Vorhang von der Handlung. In der Knappheit dieses „Prologs" liegt die Wucht einer elektrischen Entladung. Die Umwertung der Werte bleibt als Brandmal zurück: „Schön ist häßlich, häßlich schön!" (Fair is foul, and foul is fair.")

Dann das erste Menschenwort: „Welch blut'ger Mann ist dies?" König Duncan spricht es. Es ist wie ein vorwegnehmendes Charakteristikum des ganzen Dramas: denn *„in Blut getaucht sind hier alle, die Mörder und die Opfer. Die ganze Welt ist in Blut getaucht." (1)* Verfolgt man die *äußere* Handlung des Geschehens, wird man wohl kaum zu einem anderen Resultat kommen, als es sich bei *Jan Kott* in seiner Auslegung ergibt. Nach Kotts Dafürhalten gibt es in diesem Werk nur ein Thema, ein *„Mono-Thema:* den *Mord.* Man hat „Macbeth" in verschiedener Sicht gesehen: als Drama des Ehrgeizes, wie als Tragödie der Angst. Alle diese Perspektiven ertrinken im „Blut" der heutigen Sicht. Doch kann, trotz aller Realistik, auch sie nicht restlos überzeugen. Wer die Intentionen des Shakespear'schen *Genius* nicht übersieht, der muß bekennen, daß sich dieser Genius mit der Darstellung eines derartigen Monothemas niemals begnügt hätte; daß es, für sich allein gestellt, nicht lohnen würde, darüber ein Drama zu schreiben. Denn bei aller Realistik Shakespeares ist in ihr doch niemals die Nacktheit der bloßen Erscheinungs-Wirklichkeit auf die Bühne gehoben. Wie auch hätte sich ein Friedrich Schiller an dem Werk begeistern können, wenn es nur von Blut und Mord allein zu künden wüßte? Ihm, von dem Goethe sagte, daß ihm der Christus-Geist so eingeboren sei, daß alles, was er in seine Hände nahm, diesen Geist atmete –, ihm war das Werk ein ständiger Begleiter in seinem Leben. Bereits 1784 plante er eine Macbeth-Bearbeitung, und voll Bewunderung stand er stets vor diesem Drama.

Der *Wirklichkeitsbezug* darf daher nicht das ausschließliche Kriterium der Betrachtung sein, ungeachtet des historischen Vollzuges der Handlung zu Beginn des zweiten nachchristlichen Jahrtausends. Er bezieht sich auf die äußere Handlung des Dramas. Doch dessen innerer Vorgang ist der eigentliche Träger des *Verwesentlichungs-Prozesses.* Auf ihn richten wir primär unser Augenmerk, um so jenes „geistigen Wortes" teilhaftig zu werden, von dem Goethe spricht.

Schon der „Prolog" läßt uns mit seiner Trias der Hexen an eine über der sinnlichen Ebene liegende Welt stoßen; der wilde Hauch aus einer elementaren Natur weht uns darin entgegen. In Sturm und Wetter herbeigewirbelt, zerfließen sie ebenso rasch, wie sie sich aus Wolkenfetzen gebildet haben. Wie also ist die Erscheinung der Hexen zu verstehen, die der Dichter so unmittelbar und selbstverständlich als Introitus dem eigentlichen Handlungsbeginn voranstellt? Sind es bloß die personifizierten Süchte, *„die verborgenen Instinkte des menschlichen Innern", (2)* wie *Max Lüthi* meint –

Projektionen also des Seelisch-Unterbewußten in das Elementarreich der Natur? Wenn dem so wäre, und wir in ihnen nur die Sichtbarmachung menschlicher Seelen-Dämonie zu sehen hätten, warum stellt sie der Dichter dann demonstrativ an den Anfang, ehe uns noch der *Mensch* entgegentrat? Oder gehören sie zur Landschaft, wie *Kott* sie deutet, *„aus derselben Materie gemacht wie die übrige Welt?“ (1) Walter Naumann* dürfte ihrem Wesen am nächsten kommen, wenn er in ihnen keine *„menschlichen Figuren“* sondern *„eine in Gestalten erscheinende Verdichtung der Natur selbst“ (3)* sehen will. Gewiß bergen all diese Deutungen einen bestimmten Wahrheitsgehalt in sich, ein wichtigstes Kriterium lassen sie allerdings unberührt: die Objektivität dieser Dämonen. Denn weder handelt es sich bloß um eine Sichtbarmachung unterschwelliger Triebkräfte, noch sind es allein personifizierte Naturgewalten, sondern *reale Wirkenskräfte* eines widergöttlichen ätherisch-astralen Seins-Bereiches, die unterschwellig ebenso im Innern des Menschen, wie hintergründig in der Natur ihr zerstörendes Unwesen treiben. Daß dabei die astrale Hülle, die um dieses Schlachtfeld dampft, für solche Dämonen eine anziehende Sphäre darstellt, ist einsehbar. Aus dieser „Hülle“ heraus haben sich diese Wesen zur Sichtbarkeit verdichtet, um sich gleich wieder in Nebel und Luft aufzulösen. Wir aber erfahren durch sie von unheimlichen, auf Zerstörung abzielenden wesenhaften Wirkenskräften in der Natur, die sich bewußt einen Menschen – Macbeth – zum Werkzeug gewählt haben, durch den sie ihre Intentionen in die Menschenwelt hineinzutragen vermögen.

Der Handlungsbeginn selbst zeigt uns dagegen eine scheinbar heile Welt. Die Revolte verräterischer Rebellen ist siegreich niedergeschlagen und Duncan, der König von Schottland empfängt durch einen verwundeten Hauptmann den Bericht vom heldenhaften Kampf Macbeths und Banquos. Schon schien „Fortuna“ der „Rebellen Hure“ zu sein, doch Macbeth,

„Das Glück verachtend mit geschwungnem
Stahl,
Der heiß von Blut und Niederlage dampfte,
Er, wie des Krieges Liebling, haut sich Bahn,
Und nicht eh schied noch sagt' er Lebewohl,
Bis er vom Nabel auf zum Kinn ihn schlitzte,
Und seinen Kopf gepflanzt auf unsre Zinnen."
(I/2)

Und auch als der Norweger-Fürst den Verrätern zu Hilfe kam, entmutigte dies Macbeth – den „Bräutigam der Kriegsgöttin" (Bellona's bridegroom), wie ihn Rosse später nennen wird –, in einer Weise, wie „Spatzen Adler, Hasen Löwen" entmutigen können.. Macbeth und Banquo,

„Sie waren wie Kanonen, überladen
Mit doppeltem Gekrach; so stürzten sie,
Die Doppelstreiche doppelnd, auf den Feind:
Ob sie in heißem Blute baden wollten,
Ob auferbaun ein zweites Golgatha,
Ich weiß es nicht – ..." (I/2)

Über die Besiegten spricht Duncan das Urteil:

„Nicht frevle länger dieser Than von Cawdor
An unsrer Krone Heil. – Fort, künde Tod
ihm an;
Mit seiner Würde grüße Macbeth dann." (I/2)

Knapp, doch plastisch-eindringlich ist die Situation geschildert und die Rolle des Titelhelden aufgezeigt. Nach diesem ekstatischen, alle Sinnesgebundenheit schier zerreißenden Vernichtungskampf, wird Macbeth und Banquo die Hexenbegegnung. Immer noch tobt das Gewitter über der Heide. In seinem Wüten verdichtet sich die Hexenzunft erneut zur Sichtbarkeit und findet die Möglichkeit längeren Verweilens. Triumphierend rühmen sie sich, daß Menschen zu quälen ihre Lust sei, wie es jener Seemann erleiden mußte, der endlos auf dem Meere umhergejagt wurde, bis sein Schiff „umstürmt von Wettern“ in den Fluten versank. Da verkünden Trompeten das Nahen der beiden Feldherren:

„Unheilschwestern, Hand in Hand
Ziehn wir über Meer und Land.
Rundum dreht euch so, rundum:
Dreimal dein und dreimal mein,
Und dreimal noch, so macht es neun –
Halt! – Der Zauber ist gezogen.“ (I/3)

Der magische Zirkel ist aufgerichtet. Das Geheimnis der Drei ist darin angedeutet und wird in der dreifachen Prophezeiung an Macbeth seine Fortsetzung finden. Worin liegt dieses Geheimnis? In der qualitativen Zahlensymbolik spricht die Eins von der Alleinheit, die sich als Zwei in eine Polarität aufspaltet. Durch die Drei wird diese „Entzweiung“ wieder zur Ganzheit zurückgeführt. Liegt die Zwei als „Möglichkeit“ in der Eins darin, wird sie nach ihrer Verwirklichung durch die Drei wieder mit ihrem geistigen Hintergrund – der Eins – verbunden. So daß nunmehr die Drei tatsächlich für die Eins, die Eins für die Drei stehen kann: Drei-Einheit! Im Hexen-Einmaleins, wie es Goethe auch in seinem „Faust“ anspricht, haben wir das dämonische Gegenbild dieses „Mysterium Magnum“ vor uns, das in seiner Widergöttlichkeit jedoch magische, suggestive Wirkungen zeitigt. Auch dieser Hexenzirkel strahlt sie aus und wie tief Macbeth in ihren Bann verstrickt ist, zeigt sein erstes Wort, das die Essenz des Hexen-Prologes aufgreift:

„So schön und häßlich sah ich nie ’nen Tag.“
(So foul and fair a day I have not seen.) (I/3)

Der Gruß der Unheilschwestern ist für Macbeth eine

erregende Übersteigerung: „Heil dir Than von Glamis, – Than von Cawdor! – Heil dir, Macbeth, künft'gem König!"

Diese Gruß-Prophetie frißt sich tief in seine Seele. Banquo gewahrt die Furcht, aber auch das Hingerissen-Sein, das seinen Kampfgenossen befällt: „Was schreckst du, Mann? erregt dir Furcht, was doch so lieblich lautet?" Banquo zeigt Nüchternheit und Gleichmut gegenüber dieser Begegnung. War es doch auch er, der diese rätselhaften Gestalten als erster gewahrte:

> „Wer sind diese?
> So eingeschrumpft, so wild in ihrer Tracht?
> Die nicht Bewohnern unsrer Erde gleichen,
> Und doch drauf stehen? Lebt ihr? Wie? Seid ihr was,
> Das man darf fragen? Ihr scheint mich zu verstehn,
> Denn jede legt zugleich den rissigen Finger
> Auf ihren mager'n Mund: – Ihr solltet Weiber sein,
> Und doch verbieten eure Bärte mir
> Euch so zu deuten." (I/3)

Und auch als die Hexen ihn mit einem verheißungsvollen Orakelgruß beglücken: „Kön'ge erzeugst du, bist du selbst auch keiner" –, behält Banquo Ruhe und klaren Blick:

> „Die Erd' hat Blasen, wie das Wasser hat:
> So waren diese – wohin schwanden sie?...
> War so was wirklich hier, wovon wir sprechen?
> Oder aßen wir von jener gift'gen Wurzel,
> Die die Vernunft bewältigt?" (I/3)

Unsere Deutung, daß es sich um Elementarwesen handelt, die sich fallweise zu sinnlicher Wahrnehmbarkeit zu verdichten vermögen, erfährt durch Banquo eine gewisse Bestätigung: „Die Erd' hat Blasen, wie das Wasser hat." Er selbst jedoch steht dem Orakel als einer gegenüber, „der nicht erfleht noch fürchtet". Geneigt, die Begegnung dem Bereich des Irrsinns zuzuweisen, scheint er seinen Stoizismus auch durch die ihm zugekommene Kunde, Ahnherr von Königen zu sein, nicht zu verlieren.

Ganz anders jedoch Macbeth. Konnte er sich sein Nachrücken in die Than-Würde von Glamis auf natürliche Weise erklären: „Mich macht, so hör' ich, Sinels Tod zum Glamis", so muß ihm die Ernennung zum Herzog von Cawdor als Prophetie erscheinen. Für den Zuschauer freilich ist dies nichts Außergewöhnliches, denn Macbeth ist ja bereits mit dieser Würde betraut worden, nur weiß er es noch nicht. So erscheinen die Hexen für ihn als schicksalkündende Nornen, die sie aber nicht sind. Ihr Wissen um seine Ernennung erfließt aus der Fähigkeit medialer Wesen, den Raum zu überbrükken und dadurch Dinge zu gewahren, die sich fast gleichzeitig an einem anderen Ort ereignen. An sich ist dies kein außergewöhnliches okkultes Phänomen. Die Prophezeiung der Königswürde dagegen ist ein verführerisches Spiel, eine Dämonisierung von Macbeths ehrgeizigem Streben. Die Absicht ist, den klaren Sinn, die Vernunft zu verwirren.

„Mich macht, so hör' ich, Sinels Tod zum Glamis;
Doch wie zum Cawdor? Der Than von Cawdor lebt,
Ein Mann in voller Kraft, und König sein,
Das steht so wenig im Bereich des Glaubens,
Als Than von Cawdor. Sagt, von wannen euch
Die wunderbare Kunde ward? weshalb
Auf dürrer Heid' ihr unsre Schritte hemmt
Mit so prophet'schem Gruß? – Sprecht, ich beschwör' euch!"
(I/3)

Wenn Rosse, der Abgesandte Duncans dann Macbeth als „Than von Cawdor“ begrüßt, und der zweite Hexengruß somit unerwartete Erfüllung findet, ist der Schritt zur dritten Weissagung kein allzu großer mehr:

„Zweimal gesprochne Wahrheit,
Als Glücksprologen zum erhabnen Schauspiel
Von kaiserlichem Inhalt. –“ (I/3)

Doch auch jetzt bewahrt Banquo klaren Kopf. Die Bewahrheitung des prophetischen Grußes, eben noch als Ausfluß einer „gift'gen, die Vernunft bewältigenden Wurzel“ abgetan, wird nun als Versuchung des Teufels gebrandmarkt, die ihn trotz ihres scheinbaren Gehaltes an Wahrheit nicht schwanken läßt:

„Oft, uns in eignes Elend zu verlocken,
Erzählen Wahrheit uns des Dunkels Schergen,
Verlocken uns durch schuldlos Spielwerk, uns
Dem tiefsten Abgrund zu verraten. – ...“ (I/3)

Banquo durchschaut die Hexen. Macbeths Fragestellung dagegen ist so angelegt, daß er zu einer klaren Sicht gar nicht durchstoßen kann. Denn er nimmt dieses Orakel von Anbeginn als Tatsache, nicht als Täuschung. Zwar wägt er ab:

„Die Anmahnung von jenseits der Natur
Kann schlimm nicht sein, – kann gut nicht
sein.“ (I/3)

und gibt damit die moralische Indifferenz der an ihn herantretenden Mächte zu; trotzdem ist er bereits ihr Gefangener, denn in dieser Sicht gibt es für ihn keine Entscheidungsfreiheit mehr, da er dem erwiesenen Wahrheitsgehalt verfallen ist. „Böse“, so reflektiert er, kann die Anmahnung von jenseits der Natur nicht sein, da sie zweimal Wahrheit sprach. Ist sie jedoch

„gut" –, warum reizt sie dann das Gemüt zu den entsetzlichsten Wunschbildern auf? Müßte er in diesem Falle nicht mit gelassener Zuversicht die Erfüllung erwarten? Zwar sein Ich erwägt, aber die Identifikation zwischen dem Orakelspruch und Macbeths heimlichstem Verlangen ist bereits gegeben und also eine freie Entscheidung nicht mehr möglich. Was sich in seiner Seele vollzieht ist eine Hypertrophie der astralen Wesensschichten, durch die sich die zügelnde Kraft des Ich immer mehr verliert, und die sich – durch die Kampf-Ekstatik potenziert – hineinergießt in die Elementarwelt. Dort aber sind *Wesen! „Der Mensch durchdringt nicht nur sich mit alledem, was er draußen erlebt, sondern er trägt tatsächlich von sich in die Wesen der elementarischen Welt das hinein, was er selber in seiner Seele hat... Hat der Mensch eine besonders schlechte Eigenschaft, dann wird er angezogen von einem solchen Wesen der elementarischen Welt, welches sich gerade hingezogen fühlt zu einer schlechten Eigenschaft." (4)*. Wir haben es also mit einer *Wechselwirkung* zu tun, die Seele und Natur umgreift. Sie zeigt uns, daß Macbeth solch schlechte Eigenschaften haben muß, denn die Hexen werden von *ihm* angezogen. Von Anfang an steht *er* in ihrem Blickfeld: „Da wird Macbeth sein!" – so hieß es im Hexen-Prolog der ersten Szene. Banquos gleichartiges Erlebnis muß uns sekundär erscheinen; denn Macbeth ist es, durch den ihm das „Tor" geöffnet wird.

Was der Mensch an guten und schlechten Eigenschaften in seiner Seele trägt, wird also gleichzeitig in der Elementarwelt real-wesenhaft verkörpert und dargelebt. Und daß die Menschenseele eine schier unübersehbare Palette von Tugenden und Lastern in sich birgt, das wird der IV. Akt eindringlich erweisen. Die entscheidende Frage bei dieser Wechselbeziehung zwischen subjektiver und kosmischer Astralität ist, ob der Mensch diesen Dämonen, die er anzuziehen die Veranlagung hat, ausgeliefert ist, oder ob er sich mit Hilfe seiner positiven Seelenkräfte ihrer erwehren und sich ihnen entziehen kann. Erschwerend dabei ist allerdings, wenn sich der Mensch in einem ekstatischen Zustand befindet, wie dies bei Macbeth nach der blutigen Schlacht zweifellos der Fall ist. Denn durch die Ekstase werden die Ichkräfte weitestgehend ausgelöscht. *„Darum kann man in der Ekstase auch nicht unterscheiden, ob man es mit einem Blendwerk oder mit einer Wirklichkeit zu tun hat; darüber entscheidet nur das Ich. Bei der Ekstase hat man eine Herabminderung des Ichgefühls und auf der anderen Seite ein Hinschwinden der äußeren sinnlichen Wahrnehmung. Diese zwei Erlebnisse gehen in der Ekstase parallel. Die Ekstase zeigt uns, wie gewissermaßen abbröckelt, wie sich in sich löst der Teppich der Sinneswelt – und unser Ich, das wie hindurchfließt durch die sinnlichen Wahrnehmungen, in dieser Welt von Bildern lebt, die etwas Neues darstellt. In der Ekstase lernt der Mensch Wesenheiten und Begebenheiten kennen, die ihm früher unbekannt waren... So sehen wir in der Ekstase etwas wie ein Durchbrechen der äußeren Grenzen, die dem Menschen gesetzt sind." (4)*

Wie sehr sich Macbeth in einem annähernd ähnlichen Zustand befindet, wird er uns gleich selbst eingestehen. Sein weiteres tatsächliches Handeln aber wird weitgehend von der Stärke seiner höheren Ich-Natur abhängen. Keineswegs kann die Verführung, wie sie sich hier im dritten Orakelgruß zeigt, zwingend oder prädestinierend auf die menschliche Entscheidung wirken: denn diese wird im Innern der Seele gefällt. *Friedrich Schiller* legt in seiner Dramen-Übersetzung den Hexen in der ersten Szene Worte in den Mund, die der englische Dichter zwar nie geschrieben hat, die jedoch greifbar zwischen den Zeilen stehen:

„Er kann es vollbringen, er kann es lassen...
Wir streun in die Brust die böse Saat,
Aber dem Menschen gehört die Tat."

Diese Verse lassen keinen Zweifel über das Wechselverhältnis von Verführung und Entscheidung aufkommen.

Doch liegt hinter all dem noch eine tiefere Tragik verborgen. „Ihr sollt König werden“, so wiederholt Banquo das Hexenwort. Für sich genommen, gilt es nicht für Macbeth allein. *Jeder* Menschenseele ist jene Titanenkraft eingeboren, die sie drängt, über sich selbst hinauszuwachsen: Prometheus, Faust, Wallenstein – alle mußten sie diesen Drang erleben, der sich in seiner reinen, urbildlichen Form in dem Evangelienwort verkündet:

*„Darum sollt ihr vollkommen sein, gleichwie euer Vater im Himmel vollkommen ist.“ (Math. 5,48)*

*Alle* sind wir auf dem Wege zu dieser Königswürde der Vollkommenheit. Oft scheint das gegenwärtige Erdenleben bloß ein Markstein auf diesem Weg zu sein; wie *eine* einzige Prüfung, die wir zu bestehen haben. Und der Pfad der Läuterung, der Katharsis und Erleuchtung, wie er uns in zahllosen Sagen, Märchen und Legenden erzählt wird, auf dem der „Jüngling“ die „Prinzessin“ erringt und die „Königswürde“ erlangt, stellt sich für uns als die sinnvolle Kontinuität vieler Erdenleben dar. Aber in *einem* dieser Leben kommt bestimmt der Augenblick, in dem wir erkennen müssen, daß diese Königswürde nur auf dem Wege einer Bewußtseinserhebung, auf dem Wege der *Initiation* zu erlangen ist. Denn nur der von der „Natur Losgesprochene“, nur die *geläuterte* Seele kann die „Prinzessin freien“.

Daß dies nicht beziehungslos zur Handlung des Dramas so ausführliche Darstellung erfuhr, geht aus dem Zwiegespräch der Hexen hervor, das sie unmittelbar vor dem Erscheinen von Macbeth und Banquo, zu Beginn der 3. Szene, führen. Man darf sich fragen, was all die Ungereimtheiten und Unverschämtheiten bedeuten mögen, deren sich die Hexen rühmen? Ist es nur Spuk und Rätselkram? Wenn dem so wäre, dann könnte für diesen Unsinn ebenso ein anderer stehen. Doch ist in einem echten Kunstwerk nichts austauschbar. Da hat jedes Wort seinen Platz, und nichts kann anders sein, als es ist. So muß auch dieser scheinbare Unsinn Bedeutung haben. Was hat es wohl auf sich mit dem Manne, der den „Tiger" nach Aleppo steuert?

„Dürr wie Heu soll er verdorrn,
Und kein Schlaf, durch meinen Zorn,
Tag und Nacht sein Aug erquickt;
Leb' er wie vom Fluch gedrückt:
Sieben Nächte, neunmal neun,
Siech und elend schrumpf' er ein.." (I/3)

Sieben Tage und sieben Nächte soll ihn kein Schlaf erquicken! Da es Hexenworte sind, müssen wir ihren Sinn umwerten, denn wie sie hier gesprochen sind, ist „schön häßlich" und „häßlich schön". Dabei kann uns bewußt werden, daß ein sieben Tage und Nächte währendes Wachen eine Prüfung des Initiations-Pfades darstellte. So hätte z. B. *Gilgamesch* sieben Tage und Nächte nicht schlafen dürfen, um zum Bewußtsein der Unsterblichkeit zu kommen. Er vermochte diese Prüfung nicht zu bestehen. Und *neun* Tage und Nächte hing *Wotan* im „windigen Baum" und wird im Erlauschen dieses „Windes-Raunen" in die Geheimnisse der „Runen" eingeweiht.

Es besteht kein Zweifel, daß mit diesem Hexenspuk Initiations-Geheimnisse verbunden sind. Die Dämonenwelt versucht das Streben des Menschen nach seiner wahren, übesinnlichen Natur, den Wunsch „König zu werden", in *ihre* Bahnen zu lenken. Der Dialog beleuchtet, was mit Macbeth in Wahrheit beabsichtigt ist: ihn in *ihrem* Sinne, *schwarzmagisch,* einzuweihen. Wird nicht auch er es sein, dem Tag und Nacht kein Schlaf mehr das Auge erquicken wird? Wird er nicht „vom Fluch gedrückt", zwar nicht als „Tiger", doch wie der „*Bär,* der Hatz' entgegenkämpfen"? (V./7)

Wie sehr ekstatisch-gelockert Macbeth ist, wie stark ihm die äußere sinnliche Wahrnehmung hinschwindet, zeigt das verzehrende Selbsterlebnis, zu dem ihm der Widerspruch zwischen der Transzendenz des *Seins* und der Existenz des *Daseins* wird:

„Erlebte Greuel
Sind schwächer als das Graun der
Einbildung.
Mein Traum, des Mord nur noch ein Hirngespinst,
Erschüttert meine schwache Menschheit so,
Daß jede Lebenskraft in Ahnung schwindet,
Und nichts ist, als was nicht ist.“ (I/3)

Zwar registriert Macbeth noch, was in ihm vorgeht; seine Wesensspaltung in einen blind Begehrenden und einen, der dieses blinde Begehren genau erkennt, wird ihm durchaus bewußt. Doch ist seine Einbildungskraft bereits so stark, daß die Wirklichkeit für ihn vertauscht erscheint, daß er dem im existentiellen Sinne *Nicht*-Seienden, also dem Transzendenten, das *wahre* Sein zusprechen muß, so daß für ihn *nichts* ist, – nichts wirklich Existenz hat –, außer jenem nichtexistierenden, eingebildet Seienden. Die Phantasie- und Imaginationskraft Macbeths ist von einer Urgewalt; für ihn existiert nur noch, was er in seinen Vorstellungen erschaut. *König werden* ist von diesem Augenblick die eigentliche Triebkraft seines Lebens.

Banquo gewahrt sehr wohl die „Verzückung“, in die Macbeth verfiel:

„Die neue Würde engt ihn,
Wie fremd Gewand sich auch nur durch
Gewohnheit
Dem Körper fügt.“ (I/3)

Mit letzter Kraft klaren Denkens befreit sich Macbeth

von der dämonischen Vision:

„Will das Schicksal mich
Als König, nun, mag mich das Schicksal krönen,
Tu' ich auch nichts...
Komme, was kommen mag;
Die Stund' und Zeit durchläuft den rauhsten Tag." (I/3)

Mit der *vierten* Szene schließt das Geschehen um die Schlacht und um Cawdors Verrat ab. Und *Verrat* wird ein Hauptmotiv des Dramas sein. Der Bericht von Cawdors Hinrichtung ist dabei kein unwesentliches Detail in der Gesamtkomposition. Durch ihn wird die ganze Handlung mit einem gewaltigen Bogen umrahmt. Denn am Anfang wie am Ende steht ein verräterischer Than von Cawdor. Und gerade durch diesen Bericht zeigt uns der Dichter, daß ein Urteil: Verräter sei gleich Verräter – eine Ungleichung ist. *Dieser* Than von Cawdor hat den Verrat freimütig eingestanden, hat um das Verzeihen seines Königs gebeten, und:

„Nichts stand in seinem Leben ihm so gut,
Als wie er es verlassen hat..." (I/4)

Eine Größe, die zwar den Verrat nicht rechtfertigt, doch dem Verräter seine Menschenwürde wiedergibt. Macbeth, der das *Erbe* dieses Empörers und Verräters antritt, wird sie im gleichen Schicksalsaugenblick verloren haben.

Aber auch die Problematik von Sehen und Begehren in Macbeths Seele wird weitergeführt.

„Kein Wissen gibt's,
Der Seele Bildung im Gesicht zu lesen;
Es war ein Mann, auf den ich gründete
Ein unbedingt Vertraun. –" (I/4)

Diese Worte Duncans wollen uns nicht bloß die völlige Blindheit des Königs seinen Vasallen gegenüber aufzeigen. Das wäre ein oberflächliches Urteil. Hinter ihnen verbirgt sich vielmehr das Ende einer der Lüge einst unkundigen Welt. Die Tatsache, daß ein Antlitz nach außen anders *scheinen* kann, als die Seele im Innern *fühlt,* ist für ihn nicht durchschaubar, und die eigentliche Ursache, an der schließlich sein Königtum zerbricht. Denn im gleichen Augenblick, mit gleicher Unbedingtheit, schenkt er Macbeth sein Vertrauen. Darin liegt nicht Torheit oder Naivität. Duncans Königtum steht jenseits aller Lüge, im Reich der Wesens-Offenbarung. Diese aber ist nicht von *dieser* Welt. Wir erfahren aus den Darstellungen *Rudolf Steiners,* daß „Wesensoffenbarung" der *Engelwelt* eigen ist. Dem Engel ist es nicht möglich, im Geist-Antlitz zu verbergen, was sein Herz in Wahrheit fühlt. Vollbrächte er es –, würde diese Lüge den Sturz aus seiner Engelsphäre bedeuten. So dürfen wir von der Sicht jenes Goetheschen „geistigen Wortes" her sagen: Duncans Königtum steht noch in der Aura einer paradiesischen *Vater*-Welt. Wie eine Bestätigung dafür können uns die Worte seines Mörders anmuten, die er knapp vor der Tat sprechen wird:

„Dann hat auch dieser Duncan seine Würde
So mild getragen, blieb im großen Amt
So rein, daß seine Tugenden, wie Engel
Posaunenzüngig, werden Rache schrein
Dem tiefen Höllengreuel seines Mords..." (I/7)

Allein die Zeit ist abgelaufen, in der dieses Königtum in seiner Reinheit noch bestehen kann. Duncans *Ur*-Königtum geht zu Ende. Die Empörungen wider ihn lassen erkennen, daß seiner Herrschaft zwar väterliche Milde, Vertrauen, Wahrheitsglanz verblieb, allein die *Kraft* zu herrschen versiegte. Fühlt er es selbst, da er im selben Augenblick das Thronrecht an den *Sohn* vergibt?

„An Malcolm, unsern Ältesten, übertragen
Wir unser Thronrecht: Prinz von Cumberland
Heißt er demnach; und solche Ehre soll
Nicht unbegleitet ihm verliehen sein;
Denn Adelszeichen sollen, Sternen gleich,
Auf jeden Würd'gen strahlen. –" (I/4)

Der Weg des Dramas wird in seinem innersten Kern transparent: es ist der Weg von der *Vater*-Welt zur *Sohnschaft.* Zwischen beider Herrschaft steht die *Freiheit* des Menschen. Und nicht nur ein hierarchischer Sternenhimmel begleitet diesen Pfad. Auch der Widersacher lauert, um diesem *Sohn* sein Erbe streitig zu machen; denn diese Ernennung ist – in der Sicht Macbeths – gegen das Orakel. Und wie das Zerrbild eines Gebets muten uns die heimlichen Worte an, die Macbeth zu sich selber spricht:

„Ha! Prinz von Cumberland! – Das ist ein Stein,
Der muß, sonst fall' ich, übersprungen sein,
Weil er mich hemmt. Verbirg dich, Sternenlicht!
Schau meine schwarzen, tiefen Wünsche nicht!"
(I/4)

Der in irdisches Machtstreben verkehrte Drang, über sich selbst hinauswachsen zu wollen und *König* zu werden, ist gleichzeitig der Abgrund, der Macbeth zu verschlingen droht. Doch ist dieser Drang vorerst nur *Wunsch.* Der Wunsch ist eine passive Willenskraft, die den Eintritt eines Ereignisses ersehnt, das sich möglichst ohne eigenes Dazutun realisieren soll. Im englischen Wort „desire" schwingt allerdings ein Element ichsüchtigen *Verlangens* mit, das dem deutschen Begriff Wunsch nicht unbedingt eigen sein muß, jedoch Macbeths Seelenverfassung noch klarer zum Ausdruck bringt. Wie immer: vom Wunsch zum wirklichen Tat-Entschluß dehnt sich ein langer Weg voll von Möglich--keiten der Entscheidung. Ein Weg, der viel innere

Aktivität und Stetigkeit erfordert. Besitzt sie Macbeth? Wohl wünscht er, daß sein Begehren Erfüllung fände, doch müßten seine Hände vollführen, was sein Auge in dämonischer Vision erschaut. Ohne innere Aktivität, bloß im Wünschen zu verharren, läuft er Gefahr zum Zauderer zu werden, zum Opfer seines Sehnens und der Passivität seines Handelns. Es bedarf daher eines treibenden Agens für seine düstere Wunschnatur. Shakespeare zeigt es uns in seiner Gemahlin; eine Gestalt, die wohl zu den rätselhaftesten und unergründlichsten der gesamten Dichtkunst zählt. Sie scheint, wie gleich die *fünfte* Szene deutlich macht, von verzehrender Sinnenglut erfüllt, und strahlt doch gleichzeitig eine erschreckende Eiseskälte aus. Nur schrittweise, mit wachsamer Vorsicht werden wir versuchen müssen, dieses Wesen zu ergründen, das untrennbar mit Macbeths eigener Natur verbunden ist.

### *Der Ansporn zum Mord durch Lady Macbeth (Szene 5-7)*

Rätselvoll-widersprüchlich muß uns Lady Macbeth erscheinen, weil sich in ihr eine *„dämonische Macht ohne menschliche Züge“ (3)* mit einem *„völlig menschlichen Verhalten in der Reaktion auf ihr Tun“ (3)* verbindet. Doch wird sich auch dieser Widerspruch als ein nur scheinbarer erweisen. Die Lady erfährt von Macbeths Hexen-Begegnung durch einen Brief, den ihr der Gemahl übersendet und in dem er sie „my dearest partner of greatness“ – „meine geliebteste Teilnehmerin der Hoheit“ nennt: „Auf daß dein Mitgenuß an der Freude dir nicht entzogen werde, wenn du nicht erfahren hättest, welche Hoheit dir verheißen ist. Leg es an dein Herz und lebe wohl.“ (I/5)

Kein Zweifel also, daß die Lady gleiche Königsträume hegt wie ihr Gatte und daß der Gemahl darum wissen muß. Nur daß *ihr* Blick für die Realitäten noch klarer ist als der seine. Sie kennt ihren Gatten und weiß genau, was der Erreichung des erstrebten Zieles entgegensteht: seine „Natur". Sie kennt sein lethargisches Begehren, weiß um die „Milch der Menschenliebe", die seine Seele trotz aller Sucht nach Ruhm und Ehre im tiefsten Grunde erfüllt.

„Groß möchtst du sein,
Bist ohne Ehrgeiz nicht; doch fehlt die Bosheit,
Die ihn begleiten muß. Was recht du möchtest,
Das möchtst du rechtlich; möchtest falsch
nicht spielen,
Und unrecht doch gewinnen; möchtest gern
Das haben, großer Glamis, was dir zuruft:
‚Dies mußt du tun, wenn du es haben willst!' –"
(I/5)

Wir haben Macbeth bisher als wilden Kämpfer kennengelernt, dem es keinen Schrecken einjagt in Blut zu waten. Wir erlebten ihn nach der Hexenbegegnung als einen leicht beeinflußbaren, gelockerten und daher labilen Charakter, dessen Denken sich nur allzu rasch von ehrgeizigen Visionen umnebeln läßt. Jetzt lernen wir durch die Lady eine weitere, wohl die wichtigste Seite seines Wesens kennen: seine Menschlichkeit.
*„Menschlich ist er und darum weich. Ehrgeiz (ambition) groß zu sein, besitzt er gewiß, aber nicht die Bosheit (illness), die damit einhergehen müßte. Sie sieht in ihm einen ganz gewöhnlichen Menschen, der einen Gewinn auf unrechte Weise einheimsen möchte, ohne selbst mit falschem Einsatz zu spielen. Wenn es einmal erreicht ist, wird er sich zufriedengeben." (3)*

Wir können daher sagen: die Wunschnatur Macbeths reicht von schwärzesten Tiefen bis zur „Milch der Menschenliebe". Und ein Charakteristikum das nicht übersehen werden darf, ist das Fehlen der „Bosheit", d.h. des Verhaftetseins mit dem Bösen. So steht er, soweit er uns bisher begegnet ist, tatsächlich als *Mensch* vor uns mit all den menschlichen positiven und negativen Eigenschaften. Als ein Mensch, dessen Seele Schauplatz gegensätzlicher Begehrungen ist. Und es wäre falsch, in ihm von vorneherein den Bösewicht, den Mörder, Verräter und Schurken zu sehen. Wenn wir vorhin von Duncans Thronrechtsfolge sagten, auch der „Widersacher" würde bereits der Erbschaft seines Sohnes lauern, so war dies vom Zuschauer aus und seinem Wissen um den kommenden Handlungsverlauf gesprochen. Macbeths Taten – wir haben es bereits ausgesprochen – sind nicht *prädestiniert* und die Frage steht im Zentrum seiner Charakteristik, ob er *aus sich* allein die Kraft überhaupt aufbrächte, die in seinem ehrgeizigen Verlangen irrlichternde *Un*-Tat aus den Seelenabgründen heraufzuheben ans Tageslicht. Wobei der verwehrende Faktor – Schwachheit, Angst oder Sieg des Guten – hier noch völlig offen bleiben möge. Die Antwort darf man jedoch vorwegnehmen: ohne die Lady wäre Macbeth bestimmt nicht zum Königsmörder geworden, und damit auch nicht zum Urheber all der blutigen Konsequenzen, die aus dieser Untat erfliessen werden. Denn kein Zweifel kann bestehen, daß ihr entartetes Weib-Sein letztlich die Tatsetzung hervorruft.

Auch englische Kommentatoren, wie etwa A.C. Bradley, sehen in Macbeth den großen Krieger, der zwar herrisch, rauh und kurz angebunden ist, der daher bis zu einem gewissen Grad Furcht einzuflössen vermag, aber in weit größerem Maße auch Bewunderung. Denn man hält ihn für ehrlich und ehrenwert. *„Und tatsächlich war in ihm viel Gutes. Wir haben, glaube ich, keinen Beleg, ihn als eine ‚edle' Natur, so wie Hamlet oder Othello, zu beschreiben... aber er hatte einen wachen Sinn für Ehre und dafür, was ein guter Name wert ist. Auch der Ausdruck ‚zu voll von Milch der Menschenliebe' wird von seiner Frau, die ihn nicht ganz verstanden hat, voller Ungeduld auf ihn*

*angewendet; aber keinesfalls war er ohne Menschlichkeit und Mitleid." (5)*
Solch ein Mensch bedarf daher, wie Naumann zu recht folgert, *„den Antrieb eines andern Geists" (3);* und die Lady ist gewillt, ihm diesen zu geben:

„Eil hierher,
Auf daß ich meinen Mut ins Ohr dir gieße;
Und alles weg mit tapfrer Zunge geißle,
Was von dem goldnen Zirkel dich zurückdrängt,
Womit das Schicksal dich und Zaubermacht
Im voraus schon gekrönt zu haben scheint. –"
(I/5)

Die Berechtigung ihm ihren Mut „Ins Ohr zu gießen" leitet sie von dem Orakelgruß der Hexen ab, indem sie diese Botschaft aus der Finsternis mit „Schicksal" identifiziert: „Womit das Schicksal und Zaubermacht ... " – „fate and metaphysical aid", wörtlich: Schicksal und jenseitige Hilfe, – „dich im voraus schon gekrönt zu haben scheint." Als nun ein Diener ihr die Ankunft des Königs meldet, der die Nacht als Gast in Macbeths Schloß verbringen möchte, gewinnen ihre Träume feste Konturen:

„Selbst der Rab' ist heiser,
Der Duncans schicksalsvollen Eingang krächzt
Unter mein Dach. –" (I/5)

Sie weiß, daß sie sich selbst ihres Menschseins begeben muß, will sie aus ihrem Gemahl die „Milch der Menschenliebe" saugen. So übergibt sie sich *„einem aus der Finsternis der Natur und der eigenen Seele herbeigerufenen Teuflischen." (3)*

„Kommt, Geister, die ihr lauscht
Auf Mordgedanken, und entweibt mich hier;
Füllt mich vom Wirbel bis zur Zeh' randvoll,

Mit wilder Grausamkeit! verdickt mein Blut;
Sperrt jeden Weg und Eingang dem Erbarmen,
Daß kein anklopfend Mahnen der Natur
Den grimmen Vorsatz lähmt; noch friedlich hemmt
Vom Mord die Hand! Kommt an die Weibesbrust
Trinkt Galle statt der Milch ihr Morddämonen!
Wo ihr auch harrt, unsichtbar von Gestalt,
Auf Unheil der Natur! Komm, schwarze Nacht,
Umwölk dich mit dem dicksten Dampf der Hölle,
Daß nicht mein scharfes Messer sieht die Wunde,
Die es geschlagen; noch der Himmel,
Durchschauend aus des Dunkels Vorhang, rufe:
Halt! halt!" (I/5)

Es ist im wahrsten Sinne ein Teufelspakt, den sie hier vollzieht. Vom Dichter nicht verstanden als ein abstrakter Vertrag, indem der „Böse" verspricht, sich „hier" zu des Menschen Dienst zu verpflichten, mit dem Beding, daß ihm „drüben" das gleiche zuteil werde, sondern ein Pakt, durch den der Mensch mit dem Bösen eins wird, um das Böse selbst zu tun. Erschreckend daher, wie dieses Wesen von Anbeginn jede menschliche Regung ausschaltet, die schwarze Nacht beschwört, sie möge jegliches ethische Bedenken verhüllen. Völlig nüchtern wägt sie die Eigenschaften ihres Gatten ab. Sie erscheint in ihrer Betrachtungsweise so unberührt *objektiv*, so daß man an ihrem eigenen Menschsein zu zweifeln beginnt. *Wer* spricht durch sie? „Dies mußt du tun, wenn du es haben willst!" Im Paradiese drängte einst der Widersacher in gleicher Weise den Menschen zur Tat. Doch ist es ein unheimlicher Verführer, der *hier* am Werke ist. Ohne Moral, ohne Gewissen, ruft sie die Morddämonen in sich hinein, gibt sich ihnen hin als williges Gefäß. Die einzige Sorge ist: „Daß kein anklopfend Mahnen der Natur den grimmen Vorsatz lähmt." Das kreatürliche Element scheint das Einzige zu sein, mit dem sie Beziehung hat. Aber auch dessen Wirkenskraft will sie sich entäußern. Kann dieses „verdickte Blut" noch Träger eines menschlichen Iches sein? Und weiter, was sagt uns das Bild der zu Galle gerinnenden Milch? Die Milch ist, nach den Darstellungen *Rudolf Steiners* etwas *„spezifisch Irdisches, das auf keinem anderen Planeten unseres Sonnensystems zu finden ist."* In ihrer Konstitution dürfen wir sie zwischen Pflanzen- und Tierprodukt einordnen. Dadurch ist sie noch stark mit den ätherischen Kräften verbunden. Die Galle dagegen ist der physische Ausdruck des Astralleibes. (7) Eine Hypertrophie also ungehemmtester Astralität, die sich bis in das Ätherisch-Physische hineinergießt. Im ganzen gesehen spiegelt diese Beschwörung, mit ihrer Ausschaltung der eigenen Ichheit, der Korrumpierung der Lebens- und Seelensphäre, eine schwärzeste Inkorporation dämonischer Wesenheiten in die irdische Leibeshülle.

In diese, mit megärenhafter Urdämonie geschwängerte Atmosphäre tritt Macbeth, voll Glut von ihr begrüßt:

„O großer Glamis! edler Cawdor!
Größer als beides durch den künft'gen Gruß.
Dein Brief hat über das armsel'ge Heut
Mich weit verzückt, und ich empfinde nun
Das Künftige im Jetzt." (I/V)

Da sie nun erfährt, daß Duncan am Morgen aufbrechen will, wirkt sie mit allen Registern der Heuchelei auf Macbeth ein:

„Oh, nie soll die Sonne
Den Morgen sehn! Dein Angesicht, mein Than,
Ist wie ein Buch, wo wunderbare Dinge

Geschrieben stehn. – Die Zeit zu täuschen,
scheine
So wie die Zeit; den Willkomm trag im Auge,
In Zung' und Hand; blick harmlos wie die Blume,
Doch sei die Schlange drunter. Wohl versorgt
Muß der sein, der uns naht; und meiner Hand
Vertrau das große Werk der Nacht zu enden,
Daß alle künft'gen Tag' und Nächt' uns lohne
Allein'ge Königsmacht und Herrscherkrone."
(I/5)

Macbeths Entgegnung läßt den inneren Abstand erahnen, den seine Seele zu dem grausen Vorhaben bereits gewonnen haben dürfte: „Wir sprechen noch davon". Aber die Lady überhört geflissentlich die sich darin ankündigende Schwächlichkeit:

„Blick hell und licht;
Mißtraun erregt verändert Angesicht:
Laß alles andre mir." (I/5)

Und das ganze Schloß scheint miteinzustimmen in Verrat und Heuchelei: „Dies Schloß hat eine angenehme Lage", meint Duncan bei seinem Eintritt, „gastlich umfängt die leichte, milde Luft / Die heitern Sinne." Ein Bild des Friedens also, das nichts von Verrat zu wissen scheint. Auch Banquo steht fern jeglichen Argwohns.

„Dieser Sommergast,
Die Schwalbe, die an Tempeln nistet, zeigt
Durch ihren fleiß'gen Bau, daß Himmelsatem
Hier lieblich haucht; kein Vorsprung, Fries,
noch Pfeiler,
Kein Winkel, wo der Vogel nicht gebaut
Sein hängend Bett und Wiege für die Brut:
Wo er am liebsten heckt und wohnt, da fand ich
Am reinsten stets die Luft." (I/6)

Wir haben dieses Bild des Friedens wohl auf die Vergangenheit zu beziehen. So harmonisch und rein war es bisher in Macbeths Brust. Künftig wird wohl keine Schwalbe mehr an den Mauern seines Schlosses nisten.

Wenn schließlich die Lady in demütiger Ergebenheit Duncan entgegentritt und ihm versichert, daß sie für ihn beten wolle, ist die Täuschung perfekt.

> „Für frühre Würden,
> Wie für die letzte, die die andern krönt,
> Bleiben wir im Gebet euch Knecht und Diener.
> (I/6)

Ahnungslos, wie vor der Schlacht, ist Duncan in seiner gläubigen Unschuld, sieht in Macbeth nur den geliebten, treuen Vasallen, dem er sich bedenkenlos, ohne Mißtrauen anvertraut. Die Lady möge ihn zu Macbeth führen:

> „Reicht mir die Hand; führt mich zu meinem Wirt.
> Wir lieben herzlich ihn, und unsre Huld
> Wird seiner stets gedenken.“ (I/6)

Der Eingangsmonolog zur *siebenten* Szene macht den Zwiespalt von Macbeth' Wesen voll und ganz deutlich.

> „Wär's abgetan, so wie's getan ist, dann wär's gut,
> Man tät' es eilig: – Wenn der Meuchelmord
> Auffangen könnt' in seinem Netz die Folgen,
> Und nur Gelingen aus der Tiefe zöge:
> Daß mit dem Stoß, einmal für immer, alles
> Sich abgeschlossen hätte – hier, nur hier –
> Auf dieser losen Sandbank unserer Zeit –
> So setzt' ich weg mich übers künft'ge Leben. –“
> (I/7)

Sind es nur selbstsüchtige Gründe, die dieses Selbstgespräch bewirken? Angst vor den Folgen? *Levin Schükking* ist in seiner Charakteristik der Macbeth-Gestalt der Meinung: „*Die Tat selbst scheut Macbeth von einem moralischen Gesichtspunkt aus nicht; die Gründe, die ihn zurückhalten, sind vorwiegend selbstsüchtige. Auch daß er die Folgen im Jenseits fürchtet ist... beileibe keine Gewissensregung. Es sind vielmehr klare Erwägungen darüber, ob sich die Tat empfiehlt oder nicht, kluge Betrachtungen, daß in der Regel die Vergeltung den Täter schon hier erreicht,*

*‚daß, wie wir ihn gegeben,*
*Den blut'gen Unterricht, er, kaum gelernt,*
*Zurückschlägt, zu bestrafen den Erfinder.'*

*vorsichtige Mutmaßungen, daß der gewaltsame Tod des gütigen, alten Königs ein für den Mörder besonders gefährliches Maß von Mitleid bei seinen Untertanen wachrufen wird, Befürchtungen, die durch seine Siege frisch gewonnene Beliebtheit wieder einzubüßen, und andere mehr oder minder praktische Überlegungen.*" *(8)* Zwar ist Macbeth auch für Schücking kein kühler, geschäftsmäßiger Rechner, aber die in diesem Monolog angestellten Reflexionen sieht er nicht als ein „*Ringen zwischen guten und schlechten Instinkten*" an, sondern als einen Kampf „*gegen die eigene Schwäche.*"*(8)*

Wir können uns dem nicht vorbehaltlos anschließen. Wenn man nämlich nur die Angst vor den irdischen Folgen aus diesen Worten liest, dann übersieht man ein wichtiges Merkmal seines Wesens: die bis an den Rand der Imagination reichende Einbildungskraft. Was bereits hier in den ersten Versen anklingt und im folgenden sich zu immer erregenderer Bildhaftigkeit verdichten wird, ist nicht nur ein Abwägen der Risiken, ein abschätzendes Vergleichen von Gewinn und drohenden Folgen, auch nicht ein bloßes Ankämpfen gegen die eigene Schwäche, sondern das Heraufschlagen von

Protesten seiner eigenen besseren Wesensnatur. Denn in dem: „Wär's abgetan, so wie's getan ist" – liegt die Gewissensnot miteingeschlossen. Macbeth steht bereits hier in einer ihm unbewußten Bewußtseinsspaltung, die *A. C. Bradley* treffend formuliert:
*„Sein bewußter oder reflektierender Geist ergeht sich hauptsächlich in Überlegungen äußeren Gelingens und Versagens, während sein Inneres sich in Gewissensnot krümmt." (5)*
Auch *Walter Naumann* hat dieses metaphysische Kriterium im Auge:
*„Macbeth... möchte hier in dieser Zeitlichkeit alles Jenseitige aufs Spiel setzen und ausschalten. Er möchte es, wenn die Tat, die er plant, eine Bedingung erfüllen könnte: wenn sie das Ende brächte, Ruhe bedeutete, ihren eigenen Erfolg in sich trüge." (3)* Ist diese Sicherheit garantiert, würde er die Tat sofort begehen; wenn „dieser Streich das All-Sein und das All-Ende sein könnte" – „that but this blow / Might be the be-all and end-all." Es geht Macbeth um Sicherheit und Endgültigkeit. Aber diese *„Endgültigkeit in der Sicherheit einer Tat ist hier auf Erden nicht zu erreichen. Das sieht Macbeth jetzt noch, später wird er es aus dem Auge verlieren." (3)* Es gibt ein Gericht hier auf Erden, eine Vergeltung – „this even-handed Justice" – nicht als amtliche Institution sondern als ausgleichende Gerechtigkeit. In der Tieck'schen Übersetzung:

> „Doch immer wird bei solcher Tat uns schon
> Vergeltung hier: daß, wie wir ihn gegeben,
> Den blut'gen Unterricht, er, kaum gelernt,
> Zurückschlägt, zu bestrafen den Erfinder.
> Dies Recht, mit unabweislich fester Hand,
> Setzt unsern selbstgemischten, gift'gen Kelch
> An unsre eignen Lippen. –" (I/7)

Daß es sehr wohl auch ethische Bedenken sind, die

Macbeth bewegen, zeigen die folgenden Verse, in denen er sich die Abscheulichkeit und Verworfenheit seines Beginnens rückhaltlos vor Augen führt; ein Besinnen, das seine Rechtfertigung nur in moralischen Erwägungen der Gewissensstimme findet:

> „Er kommt hierher, zwiefach geschirmt: zuerst
> Weil ich sein Vetter bin und Untertan,
> Beides hemmt stark die Tat; dann, ich – sein Wirt,
> Der gegen seinen Mörder schließen müßte
> Das Tor, nicht selbst das Messer führen. – (I/7)

Der oftmals erhobene Einwand, Macbeth denke bloß an das Grauen, das die Tat bei der Umwelt erwecken würde, und die durch seine Siege gewonnenen Sympathien zunichte machen könnte, ist nicht genügend stichhaltig; denn um das Grauen ermessen zu können, das die Tat bei anderen erwecken wird, muß es zum eigenen Erlebnis geworden sein. Auch zeigt das Wissen um Duncans Wesensart, daß Macbeth nicht bar ist eines lichtvollen Fühlens:

> „Dann hat auch dieser Duncan seine Würde
> So mild getragen, blieb im großen Amt
> So rein, daß seine Tugenden, wie Engel
> Posaunenzüngig, werden Rache schrein
> Dem tiefen Höllengreuel seines Mords;“ (I/7)

In der Vorwegnahme dieser Worte fanden wir bereits die Bestätigung für Duncans reines, unverdorbenes Königtum.

Was Macbeth begehen will und auch begehen wird, ist eine Untat von so grauenhafter Verworfenheit, wie sie abgründiger nicht gedacht werden kann. *Jan Kott* wird mit Recht sagen, daß mit diesem Mord an Duncan *„die Geschichte beginnt“. (1)* Denn er bedeutet den Untergang der alten Vater-Welt; es ist ein Mord, der als Erbschuld auf der ganzen Menschheit lastet. Und weil Macbeth dieses ungeheure sittliche Ausmaß des Frevels deutlich fühlt, ist er bereit, sich davon abzuwenden. Diese Tat zu setzen ist sein Ehrgeiz nicht stark genug.

> „Ich habe keinen Stachel,
> Die Seiten meines Wollens anzuspornen,
> Als einzig Ehrgeiz, der, zum Aufschwung eilend,
> Sich überspringt und jenseits niederfällt. –"
> (I/7)

Auch darin tönt „geistiges Wort". Als Vetter Duncans, des tugendreinen Königs, hat er noch keinen Stachel. Noch ist er kein „Skorpion". Doch ist ihm die Flügelkraft des „Adlers" bereits verloren. Sein Ehrgeiz kann sich über ein „fliegend-springendes Zikadendasein" nicht erheben.

In diesem entscheidenden Augenblick tritt – wie als personifizierte Negation seiner Behauptung – Lady Macbeth ein. Auf *diesen* Stachel hat Macbeth vergessen. Wie sehr sich jedoch die Waagschale bereits seiner besseren Natur zuneigt, zeigen die Worte: „Wir woll'n nicht weiter gehn in dieser Sache." Und etwas später:

> „Ich wage alles, was dem Menschen ziemt;
> Wer mehr wagt, der ist keiner." (I/7)

Leider haben wir auch diese Erkenntnis mehr im Sinne seines Wunsch-Denkens, denn als tatkräftiges Wollen zu verstehen. Würde er in diesem Augenblick, da sich die Gewissensstimme in ihm regt, seiner Gemahlin ein entschlossenes *Nein* entgegenstellen –, sie wäre machtlos; ein ethisches Verhalten hat sie in ihren Plänen nie in Rechnung gestellt. Doch scheint sie die Gefahr dieses Augenblicks zu fühlen. Mit teuflischer List weiß sie die drohende Barriere zu nehmen. Denn nichts Aufpeitschenderes gibt es für den männlichen

Stolz, als den Vorwurf der Feigheit seitens des Weibes. Mit schonungslosem Zorn führt sie ihre Schläge, seine Skrupel höhnisch verachtend, will sie seine Männlichkeit allein in seinem Wagemut erblicken.

„Bist du zu feige,
Derselbe Mann zu sein in Tat und Mut,
Der du in Wünschen bist? Möchtst du erlangen,
Was du den Schmuck des Lebens schätzen
mußt,
Und Memme sein in deiner eignen Schätzung?
Muß dir ‚Ich fürchte' folgen dem ‚Ich möchte',
Der armen Katz' im Sprichwort gleich?" (I/7)

Und dann die nächsten Attacken auf seine Menschlichkeit:

„Welch ein Tier
Hieß dich von deinem Vorsatz mit mir reden?
Als du es wagtest, da warst du ein Mann;
Und mehr sein als du warst, das machte dich
Nur um so mehr zum Mann. Nicht Zeit
nicht Ort
Traf damals zu, du wolltest beide machen:
Sie machen selbst sich, und ihr hurt'ger Dienst
Macht dich zu nichts." (I/7)

Es ist vom Übersetzer feinsinnig empfunden, das englische Wort „man" in seiner Doppelbedeutung zu verwenden. Macbeth spricht vom *Menschen,* die Lady vom *Mann.* Das männliche Prinzip allein ist nur ein Teil des menschlichen Wesens. Und Macbeth empfindet nur zu deutlich, daß ein egoistisches Nachgeben jenes titanenhaften Zuges, über sich selbst hinaus zu wachsen, ihm den Verlust seines Menschentums bringen würde. *Sie* hat es nie besessen. Sie kennt nur den Mann; und ihn nur in seiner Kreatur-Verbundenheit.

„Ich hab' gesäugt, und weiß,
Wie süß, das Kind zu lieben, das ich tränke;
Ich hätt', indem es mir entgegenlächelte
Die Brust gerissen aus den weichen Kiefern,
Und ihm den Kopf geschmettert an die Wand,
Hätt' ich's geschworen, wie du dieses schwurst."
(I/7)

Nicht die Grausamkeit ihrer Worte können uns mehr überraschen; sind es doch die Dämonen, mit denen sie sich vollgesogen hat, die aus ihr sprechen. Jetzt, wo Macbeth ernstlich vor der Tat zurückscheut, läßt der Dichter ihren *„wahren Furieneifer" (8)* sich voll austoben; *„und er konnte ein Weib eben nicht ‚entweibter' malen, als indem er sie als Mutter zeigt, die in Gedanken ‚Die Brust gerissen aus den weichen Kiefern / Und ihm (dem Kind) den Kopf geschmettert an die Wand." (8)* Zwar wird uns die Ehe Macbeths als kinderlos geschildert, doch steht dem nicht entgegen, daß die Lady ein Kind im Säuglingsalter verloren haben könnte.

Was uns mehr als die neuerlich bekundete Grausamkeit in ihren Worten überraschen muß, ist die Argumentation, deren sie sich bedient. Denn nie hat Macbeth in diesem Sinne *geschworen.* Der Übersetzer folgt getreu dem Original: „Had I so *sworn* as you have done to this." Die Übersetzung von „enterprise" in „Vorsatz" – „Welch ein Tier hieß dich von deinem Vorsatz mit mir reden?" – ist sehr subtil gewählt. Für die Lady scheint etwas als Schwur zu gelten, bzw. das Gewicht eines Schwures zu haben, was für den Menschen noch Wunsch, Vorstellung, Vorsatz ist, also keineswegs absolute Gültigkeit beansprucht, sondern noch verschiedentlich variiert werden kann, ehe es vielleicht Tat wird. Und zwischen „Vorsatz" und „Tat" liegt ein weiter, entscheidender Weg. Gerade er birgt ein wichtiges Kriterium unseres Menschseins: den Freiheitsraum unserer Seele, in dem das Ich seine selbstgewählte Entscheidung treffen kann. Ist dieser Freiheitsraum doch der Schauplatz, wo sich Göttliches und Widergöttliches begegnen, und der Mensch es ist, der dem einen oder dem anderen irdische Realität verschafft.

In der geistigen Welt ist dies anders. So wie dort in der Wesensoffenbarung sich das „Innen" im „Außen" spiegelt, so ist auch jeder Impuls, jeder Gedanke, jede Willensemotion bereits *Realität*, die nicht mehr überlegt, modifiziert oder rückgängig gemacht werden kann. Denn in der außerirdischen Welt ist alles *wesenhaft*. Der Umstand, daß dies in der Erdensphäre *nicht* so ist, daß hier vielmehr alles, was innere Seelenregsamkeit ist, erst durch die *Tat* Realität erlangt, gerade das befähigt ja den Menschen, unter seinen Begehrungen und „Ambitionen" das auszuwählen, „was dem Menschen ziemt".

Die Lady dagegen vertritt eine Gesetzmäßigkeit, die nur in einer außerirdischen Region Geltung hat. Nichts Geringeres liegt nämlich in der Tatsache, daß sie als Schwur versteht, was für Macbeth immer noch Spiel mit Vorstellungen und Begehrungen ist. Denn ein Schwur *verunmöglicht* jegliche Modifikation einmal getroffener Entscheidungen, die aus Bewußtseinserhellungen heraus, richtig und ratsam erscheinen kann. Der Schwur fixiert vielmehr eine Entscheidung, läßt die Gegenwart zur unumstößlichen Zukunfts-Notwendigkeit erstarren und widerspricht damit jeglichem Werdestrom lebendiger Entwicklung. Wo Schwüre gegeben werden, dürfte es sich immer nur um Wahrheitsgehalte handeln, die zeitlos alles Strömen der Zeit überdauern. Deshalb auch die Worte der Bergpredigt: *„Ich aber sage euch, daß ihr überhaupt nicht schwören sollt, weder bei dem Himmel, denn er ist Gottes Stuhl, noch bei der Erde, denn sie ist seiner Füße Schemel, noch bei Jerusalem, denn sie ist des großen Königs Stadt. Auch sollst du nicht bei deinem Haupt schwören; denn du vermagst nicht, ein einziges Haar weiß oder schwarz zu machen. Eure Rede aber sei: Ja, ja;*

*nein, nein. Was darüber ist, das ist vom Übel.“ (Matth. V/34-37)*

In dieser Sicht bekommt das Bild vom „Überspringen“, von dem zikadenhaften „Ehrgeiz“ Macbeths noch einen spezifisch-konkreten Sinn. „Ich habe keinen Stachel“, sagte er, außer jenem Ehrgeiz, von dem er weiß, daß er innerhalb jenes Weges vom Vorsatz zur Tat auf der Strecke bleiben wird. Der Stachel aber, den er nicht einbezog – die *Lady* – sie spricht vom *Schwur,* und eliminiert damit jenen Freiheitsraum in seiner Seele, in dem Vernunft und Menschsein walten können. Damit vollbringt sie, was die Absicht der Hexen war: Macbeth an seine untergründigen Egoismen zu binden, ihm die freie Entscheidung seines Ichs zu nehmen und ihn immer mehr reif zu machen für ihre schwarz-magischen Absichten.

Nach der schnöden Erniedrigung, mit der sie ihn vor seinem eigenen Selbst beschämte, kommt nun der flammende Appell an seine männliche Kraft, mit der sie sich im Rausch der Sinne verbinden will.

> „… Uns mißlingen! –
> Schraub deinen Mut nur bis zum Punkt des Halts,
> Und es mißlingt uns nicht. Wenn Duncan schläft,
> Wozu so mehr des Tages starke Reise
> Ihn einlädt – seine beiden Kämmerlinge
> Will ich mit würz'gem Weine so betäuben,
> Daß des Gehirnes Wächter, das Gedächtnis,
> Ein Dunst sein wird, und der Vernunft Behältnis
> Ein Dampfhelm nur: – wenn nun im vieh'schen Schlaf
> Ertränkt ihr Dasein liegt, so wie im Tode,
> Was können du und ich dann nicht vollbringen
> Am unbewachten Duncan? was nicht schieben
> Auf die berauschten Diener, die die Schuld
> Des großen Mordes trifft?“ (I/7)

*Jan Kotts* Deutung, „*den Vollzug des Mordes als Bestätigung seiner Männlichkeit verlangt sie von ihm geradezu wie einen Liebesakt*", *(1)* versucht die ganze astrale Schwüle zu greifen, die zwischen den beiden schwelt. Die Gegensätzlichkeit in ihrem Wesen, Sinnesglut auszustrahlen trotz eisiger Seelenkälte, stellt sich erneut unter Beweis, indem Macbeth, ohne selbst eine Willensentscheidung zu fällen, unter der Wucht ihrer Worte ein anderer wird. Alle klare Sicht, alle moralischen Bedenken sind versunken im Nebel der Wünsche und eines heißen, leidenschaftlichen Begehrens:

„Gebär mir Söhne nur!
Aus deinem unbezwungnen Stoffe können
Nur Männer sprossen..." (I/7)

Wir erkennen, daß Sinnesglut auch ohne jegliches *Gemüt* bestehen kann. Lady Macbeth wird dadurch zum Gegenbild jenes „Ewig Weiblichen", dessen hinanziehende Seelenkraft *Faust* in seinem nachtodlichen Leben erfahren darf:

*„Jungfrau-Mutter-Königin,*
*Göttin – sei uns gnädig."*

Nicht die Jungfräulichkeit, die *Buhlschaft* steht hier am Anfang; die Verführerin, die sich die *Mutter* selbst aus ihrer Brust reißt, nicht Lebensspenderin, sondern Todesbringerin sein will, sich als *Mörderin* auf den Königsthron setzt, und in hekatischer Finsternis statt des Göttlichen die *Dämonen* verkörpert. Und der Rausch dieser Stunde schlägt über Macbeths Haupt zusammen. „*Fest* fühlt er sich", und:

„Gespannt
Zu dieser Schreckenstat ist jeder Nerv."
(I/7)

## ZWEITER AUFZUG

### *Der Mord an Duncan (1. und 2. Szene)*

Auch der Beginn des zweiten Aktes stellt – wie der erste Aufzug – Banquo Macbeth gegenüber. Wir sehen Banquo mit seinem Sohne Fleance. „Wie Blei" liegt „schwerer Schlaftrieb" auf Macbeths Kampfgenossen, doch nicht zu schwer, um nicht den Blick zum Himmel zu erheben und sich in einem kurzen Gebet der Hut des Himmels anzuvertrauen:

> „Gnäd'ge Mächte,
> Hemmt in mir böses Denken, dem Natur
> Im Schlummer Raume gibt. – ..." (II/1)

Da tritt Macbeth zu ihm. Auf Banquos Bemerken, jüngst von den „Zauberschwestern" geträumt zu haben, meint Macbeth heuchlerisch: „Ich denke nicht an sie." Der Zuschauer freilich weiß es anders; und wie vorausplanend der neue Than von Cawdor ist, zeigt der Versuch, sich Banquos zu versichern, indem er ihm „Ehre" anbietet, sollte sich auch der dritte Prophezeiungs-Gruß vielleicht bewahrheiten.

> „Schließt Ihr Euch meinem Sinn an, – wenn es ist –
> Wird's Ehr' Euch bringen."
> (II/1)

Vorsichtig, sich nicht zu binden, aber auch nicht zurückzuweisen, stellt Banquo diplomatisch die „Ehre" in den Mittelpunkt seiner Entgegnung:

> „Büß' ich sie nicht ein,
> Indem ich sie zu mehren streb', und bleibt

Mein Busen frei, und meine Lehnspflicht rein,
Gern nehm' ich Rat an." (II/1)

Die kurze Szene dient als Introitus zu Macbeths zweitem Monolog, um den Kontrast noch einmal anschaulich zu machen, der zwischen Banquos innerer Ruhe und Macbeths seelischer Aufgewühltheit liegt. *„Was ihn entsetzt, ist immer die Vorstellung seines eigenen schuldigen Herzens oder seiner eigenen blutigen Tat oder eine derartige Vorstellung, die davon ihren Schrecken oder ihre Düsternis bezieht." (5)* Wenn ihn dieses Entsetzen überkommt, wird er davon gebannt und vollständig besessen. Aus Schuld und heraufschlagender Gewissensqual quillt seine Angst. Es wäre absurd, *den* Mann, der mit seinem „dampfenden Stahl" sich den Weg zu dem Rebellen bahnte, und „vom Nabel auf zum Kinn ihn schlitzte", der Feigheit zu zeihen, oder ihm zu unterschieben, er könne durch Blut erschreckt werden. Im Gegenteil: Macbeths Mut ist furchtbar. Und wenn er von der Stunde des Königs-Mordes an von Verbrechen zu Verbrechen wanken wird, und ihm auf diesem Weg immer wieder aufs neue Gestalten des Schreckens aus dem Innern der Seele entgegentreten werden, dann ist ihre gespenstische Leibeshülle nicht aus Angst vor den äußeren Folgen gewoben, sondern aus jener tief in ihm bohrenden Gewissenssubstanz, die weiß, daß er immer wieder *„seinen Frieden mordet"* und *„sein unsterbliches Kleinod – „eternal jewel" (III/1) – fortwirft". (5)*

Dieser anklagende Gewissenskonflikt versetzt ihn schon vor der Tat in eine hypnotische Trance, in der die Konturen von Wirklichkeit und Einbildung verschwimmen. Hier verdichtet sich Macbeths Einbildungskraft zu jenem „psychischen Bewußtsein", in dem sich visionäres Bild und sinnlicher Gegenstand miteinander vermischen. In seiner ausgebildetsten Form führt es zur „Imagination". In ihr wird Ätherisch-Astrales, d.h. *„die geistig-seelische Außenseite der übersinnlichen*

*Welt anschaubar.*" (R. Steiner, „Das Lukas-Evangelium") (9).

„Ist das ein Dolch, was ich vor mir erblicke,
Der Griff mir zugekehrt? Komm, laß dich packen –
Ich fass' dich nicht, und doch seh' ich dich immer.
Bist du, Unglücksgebild, so fühlbar nicht
Der Hand, gleich wie dem Aug? oder bist du nur
Ein Dolch der Einbildung, ein nichtig Blendwerk,
Das aus dem heiß gequälten Hirn erwächst?
Ich seh' dich noch, so greifbar von Gestalt
Wie der, den jetzt ich zücke.
Du gehst mir vor den Weg, den ich will schreiten,
Und eben solche Waffe wollt' ich brauchen."
(II/1)

Mit einzigartiger psychologischer Einfühlungskraft läßt uns Shakespeare das Heranreifen jener untergründigen Willensfrucht – König werden zu wollen – in Macbeths Seele miterleben. Zu Beginn war es passiver *Wunsch.* Die entweibte Triebkraft seiner Gemahlin riß dieses Wollen aus seiner Lethargie: „Gespannt zu dieser Schreckenstat ist jeder Nerv" – das bloße Wünschen wurde zum *Vorsatz.* Jetzt, in der Dolch-Imagination dieser ersten Szene, hat sich der Vorsatz zum *Entschluß* verdichtet. Von hier gibt es kaum mehr ein Zurück; denn die Übermacht seiner Einbildungskraft schafft eine zweite Realität.

„Mein Auge ward der Narr der andern Sinne,
Oder mehr als alle wert. – Ich seh' dich stets,
Und dir an Griff und Klinge Tropfen Bluts,
Was erst nicht war. – Es ist nicht wirklich da:
Es ist die blut'ge Arbeit, die mein Auge
So in die Lehre nimmt. – (II/1)

Und wie vordem Lady Macbeth, beschwört auch er die nächtlichen Gewalten, um sich ihrer Dämonie zu überantworten:

> „Jetzt auf der halben Erde
> Scheint tot Natur, und den verhangnen Schlaf
> Quälen Versucherträume; Hexenkunst
> Begeht den Dienst der bleichen Hekate;
> Und dürrer Mord,
> Durch seine Schildwacht aufgeschreckt, den Wolf,
> Der ihm das Wachtwort heult, – so dieb'schen Schrittes,
> Wie wild entbrannt Tarquin, dem Ziel entgegen
> Schreitet gespenstisch. –" (II/1)

In schreckhaften Bildern stellt sich ihm sein besseres Ich zur Seite, läßt ihn keinen Atemzug im Zweifel über die Ruchlosigkeit seiner Tat. Als „Hexenkunst im Dienst der bleichen Hekate", als „aufgeschreckter als „wild entbrannter Frevel", wie ihn Sextus Tarquinius einst an der keuschen Lukretia beging, tritt ihm sein „Doppelgänger" gegenüber. Nein, nicht den Bruchteil eines Pulsschlages ist sich Macbeth ob der Beurteilung seiner Tat im unklaren.

> „Du sichere und festgefugte Erde,
> Hör meine Schritte nicht, wo sie auch wandeln,
> Daß nicht ausschwatzen selber deine Steine
> Mein Wohinaus, und von der Stunde nehmen
> Den jetz'gen stummen Graus, der so ihr ziemt. –
> Hier droh' ich, er lebt dort;
> Für heiße Tat zu kalt das müß'ge Wort! (II/1)
>
> (Die Glocke wird angeschlagen)
>
> Ich geh' und 's ist getan; die Glocke mahnt.
> Hör sie nicht, Duncan: 's ist ein Grabgeläut,
> Das dich zu Himmel oder Höll' entbeut."

Die Tat ist gescheh'n! – Die Lady selbst hat ihm die Dolche bereitgelegt, als Duncan und seine Diener bereits schliefen; betäubt durch den „Schlaftrunk“, den sie ihnen kredenzte. Zum erstenmal dringt aus dieser entmenschten Seele ein Laut der Schwäche, eine die Dämonie beschränkende Unzulänglichkeit:

„Hätt' er nicht
Geglichen meinem Vater, wie er schlief,
So hätt' ich's selbst getan. –“ (II/2)

Die Stimme der Kreatur ist noch nicht ganz erstorben und zeigt, wie *Schücking* meint, *„daß sie in ihrer eigenen Phantasie abgebrühter als in Wirklichkeit ist.“ (8)* Zwar hat sie die Mutterschaft sich ausgerissen, doch sich nicht zur Gänze des kreatürlichen Daseins entbinden können. Nicht das edle Wesen Duncans ist es, das sie vom Mord abgehalten hätte, sondern das Erinnerungsbild ihres durch gemeinsames Blut verbundenen väterlichen Erzeugers. Auch hier tönt Metaphorik als letzter Nachklang an das Vaterwesen auf.

Macbeth steht am Rande des Wahnsinns. Es ist das Grauen über die Tat, die ihn an diesen Abgrund treibt. Seine Ängste sind eindeutig moralischer Qualität. Denn nicht *er* denkt daran, die Hände vom Mörderblut zu säubern, nicht *ihm* kommt es in den Sinn, das Nachtgewand anzulegen, um bei der Entdeckung der Tat Schlaf vortäuschen zu können. Diese, alle Spuren verwischenden, auf die äußere Situation gerichteten Überlegungen bewegen einzig das Denken der Lady. Als er, die blutigen Dolche in Händen, erscheint, ist er fassungslos, daß er nicht „Amen“ sagen konnte, als er im Nebengemach einen der Söhne Duncans sprechen hörte:

„Der schrie, Gott sei uns gnädig! jener, Amen!
Als sähn sie mich mit diesen Henkershänden,

Behorchend ihre Angst, konnt ich nicht sagen
Amen, als jener sprach: Gott sei uns gnädig!"
(II/2)

Daß ihm das Wort nicht von den Lippen wollte, kann er nur als Urteil des Himmels, als Richtspruch über sich erleben. Denn die Unmöglichkeit auf den Gnadenruf an Gott, *Amen* sprechen zu können, muß ihm zeigen, daß er *außerhalb* dieser Gnade steht. Er *weiß* es, und fühlt sich vernichtet in diesem Bewußtsein:

„War mir doch
Die Gnad' am meisten not, und Amen stockte
Mir in der Kehle." (II/2)

Man muß dieses Selbstbekenntnis in seiner ganzen Tiefe auf sich wirken lassen, und sich an die Worte der Lady von der „Milch der Menschenliebe" erinnern, von der sein Gemüt erfüllt war, dann fühlt man, daß kein kaltblütiger Mörder vor uns steht, sondern ein in all seine Unzulänglichkeiten und Begehrungen verstricktes Menschenwesen; ein Wesen, das sich bewußt ist, sich durch seine Tat selbst außerhalb der Gnade gestellt zu haben.

Tatsächlich wird Macbeths Verhalten nach der Tat nur in einer metaphysischen Sicht wirklich verständlich. Hier sei *Jan Kotts* Deutung im vollen Wortlaut wiedergegeben. *„Die Ermordung des Königs ist eine große Mordtat, ein wahrer Mord, ein Mord, mit dem die Geschichte beginnt." (1)* Der Mord an Duncan ist metaphorisch zu verstehen; er ist als der „erste Mord" in der Geschichte zu werten; er hat *Urbedeutung*, gleich dem Brudermord an Abel. Mit ihm ist das Band zur geistigen *Vater*-Welt endgültig durchschnitten. Der Vollstrecker dieser Tat ist Macbeth. Wie sein eigenes zuschauendes Gegenüber blickt er auf die Tat, auf den „erbärmlichen Anblick" – „this is a sorry sight" – den das Mordzimmer bietet, und weiß sich doch unentrinnbar damit verbunden. Und während die Lady bloß „die Eule schrein und Heimchen zirpen“ hört, fühlt er bereits den Vergeltungsgriff der Erynnis, dröhnt für ihn nur ein Ruf „durchs ganze Haus“, die Untat mit all ihren Folgen schauerlich enthüllend: „Schlaft nicht mehr!“ In grauenvoller Dreifaltigkeit erlebt er sich angeklagt als Mörder des Schlafes:

> „Glamis mordet den Schlaf! – und drum wird Cawdor
> Nicht schlafen mehr, Macbeth nicht schlafen mehr.
> (II/2)

Als zerfiele mit diesen drei Namen sein Wesen in drei selbsteigene Gestalten. Sein Ur-Mord hat ihm den Schleier von Geheimnissen gerissen, deren seine blutige Imagination mit Grauen inne wird. Er fühlt sich zerstückt, zerrissen in drei Wesen, die er bisher in sich vereinigte. „Held Macbeth soll, was der verliert, gewinnen“ –, so sprach Duncan nach siegreicher Schlacht, und ernannte Macbeth zum Erben. Macbeth vermehrte diese Erbschaft um ein Drittes: Glamis – dem Rebellen, Cawdor – dem Verräter, fügte er Macbeth – den Mörder hinzu.

Nur sein metaphysischer Kern zeigt die ganze Gewalt dieses Rufes: „Macbeth mordet den Schlaf!“ Gewiß kann man ihn auch äußerlich deuten. Denn mit der Herrschaft von Macbeth wird tatsächlich keiner mehr ruhig schlafen im Reich. *„Es gibt keinen Schlaf mehr“*, schreibt *Jan Kott, „es gibt nur noch Alpträume.“ (1)* Denn keiner weiß, wann die Häscher des Tyrannen an sein Tor pochen werden. Aber das ist nur die äußerste Peripherie dieses Rufes. Der Dichter selbst weist uns auf sein „geistiges Wort“. Und daß er uns diesen Hinweis durch den Mund des Mörders gibt, zeigt, wie sehr Macbeth die unsichtbaren Zusammenhänge seiner Tat erlebt:

„Ihn, den unschuld'gen Schlaf;
Schlaf, der des Grams verworr'n Gespinst
entwirrt,
Den Tod von jedem Lebenstag, das Bad
Der wunden Müh, den Balsam kranker Seelen,
Den zweiten Gang im Gastmahl der Natur,
Das nährendste Gericht beim Fest des Lebens."
(II/2)

Was alles an spiritueller Realität verbirgt sich nicht hinter diesen Bildern. Man hat den Schlaf eines Menschen einst heilig gehalten, denn man sah in ihm den „kleinen Bruder des Todes" – „den Tod von jedem Lebenstag" –, und wußte, daß der Mensch durch ihn in einer jenseits der Sinne wesenden Welt weilte. Wir erfahren aus den Darstellungen *Rudolf Steiners,* was sich im Schlafe vollzieht. Der Mensch wird mit seinem geistig-seelischen Wesen aufgenommen in die Sphärenharmonie, wird durchdrungen von den Kräften des Klang- und Lebensäthers – „dem nährendsten Gericht beim Fest des Lebens" –; es wird ihm die Begegnung mit seinem *Genius,* dem werdenden Geistselbst, das jetzt noch getragen wird von einer Engelwesenheit. Aus diesen Welten fließen uns die Kräfte zu, die wir brauchen, um das im Wachen Zerstörte wiederherzustellen, – „das Bad der wunden Müh". Alles, was wir im Wachen an geistig-seelischen Kräften entfalten, alle unser Kombinationskräfte, Weisheits- und Klugheitskräfte, aber auch all unser religiöses Gestimmtsein, alle *moralischen* Intentionen, sind Nachklänge unserer Schlaferlebnisse, durch die „des Grams verworr'nes Gespinst" Entwirrung erfährt. *Und all das mordet* Macbeth in Duncan. Denn sein Königtum war Repräsentant einer Menschheitsepoche, der die Heiligkeit des Schlafes noch reales Erlebnis war.

Sein Mörder aber leitet jene Gegenwart ein, in welcher der Schlafentzug zum hinterhältigsten Folterungsmittel ersonnen wird, um den Menschen von seinem Urquell abzuziehen und seine Würde zu demoralisieren. Als Mörder des Schlafes geht Macbeth aber auch selbst der Segnungen dieses „zweiten Ganges im Gastmahl der Natur" verlustig. Und mit Entsetzen sieht er das Grauen, dem er seine Hände lieh.

Seine Gemahlin freilich kann nur den Wahn begreifen, der ihn erfaßt hat; den geistigen Kern seiner Worte versteht sie nicht. *„Sie kann den Blick ihres Mannes nach innen nicht teilen." (3)* Und das unheimliche Klopfen, das in Abständen ihren grausigen Mord-Dialog begleitet, läßt sie an die notwendigen Vorsichtsmaßregeln denken, um eine Entdeckung des Täters zu verhüten.

> „Mein würd'ger Than,
> Du läßt den edlen Mut erschlaffen, denkst du
> So hirnkrank drüber nach. Nimm etwas Wasser,
> Und wasch von deiner Hand das garst'ge
> Zeugnis. –
> Was brachtest du die Dolche mit herunter?
> Dort liegen müssen sie; geh, bring sie hin,
> Und färb' mit Blut die Kämmrer, wie
> sie schlafen."
> (II/2)

Unsere Hände! – Sie sind in zweifacher Hinsicht bevorzugt: denn sie sind die beweglichsten und die freiesten Glieder unseres Körpers. Frei nicht nur im Sinne ihrer Bewegungsmechanik. Frei auch, was ihre Tätigkeit betrifft. Da sie nicht für *einen* Zweck gebildet sind, können sie zu *allen* Zwecken verwendet werden. Mit ihnen vollziehen wir die *Taten,* die wir weise, oder unweise ersonnen haben. Sie werden ersonnen aus der Vollmacht unseres Ichs, das überlegt, urteilt, entscheidet, entschließt. Um dem Ersonnenen irdische Realität zu verleihen, bedarf es der Hände. So werden die Hände zum unmittelbaren Ausdruck der freien Entscheidungsgewalt unseres Ichs. Macbeth hat mit ihnen gemordet, und kein Ozean kann das Blut von seinen Händen waschen, wie kein Zweiter die Last uns abnehmen kann, die allein das Ich zu tragen hat. Das alles *weiß* Macbeth:

„Was sind das hier für Hände? Ha, sie reißen
Mir meine Augen aus –
Kann wohl des großen Meergotts Ozean
Dies Blut von meiner Hand rein waschen?
Nein,
Weit ehr kann diese meine Hand mit Purpur
Die unermeßlichen Gewässer färben,
Und Grün in Rot verwandeln. –" (II/2)

Sein Bewußtsein bewegt sich nicht auf dem irdischen Plan. Der Gedanke an Entdeckung steigt nicht auf über dem Horizont. Die Lady ist es, die alles Nötige besorgt. Sie eilt hinauf in das Mordgemach, schiebt die Dolche den Kämmerern zu, färbt ihr Antlitz mit Duncans Blut. Fühllos und unbeeindruckt identifiziert sie sich mit der Tat ihres Gemahls:

„Meine Hände
Sind blutig, wie die deinen; doch ich schäme
Mich, daß mein Herz so weiß ist." (II/2)

„Ein wenig Wasser", so meint sie, reinigt von der Tat. „Wie leicht dann ist sie!" Ihm schwand nur seine Festigkeit; sie gilt es wiederzugewinnen.

„Tu an dein Nachtkleid; müssen wir uns zeigen,
Daß man nicht sieht, wir wachten. – Verlier
dich nicht
So schwächlich in Gedanken."
(II/2)

Doch was geht in Macbeth vor, da alle Visionen der Absicht erloschen sind und er vor der nackten Tat steht?

„Meine Tat
Zu wissen! – Besser von mir selbst nichts wissen.
Klopf Duncan aus dem Schlaf! O könntest du's!
(II/2)

Die Absicht des Dichters sei es, so meint Walter Naumann, uns *„das furchtbare Grausen des völlig verlassenen, nur noch bedrohten Menschen" (3)* anschaulich zu machen. Und dem englischen Original folgend, zeigt sich dieses Verlassen-Sein als eine Verlassenheit von sich selbst: „Kennte ich meine Tat, wär's am besten, ich kennte mich selbst nicht" – „To know my deed, 'twere best not know myself". Ein wahrhaft erschütterndes Geschehen. Ein Mensch steht vor uns, der die ganze Schwere seiner Tat bis in ihre letzte Konsequenz erkennt; der, an den Rand verzweifelnder Selbstauflösung getrieben weiß, etwas nie wieder Gutzumachendes begangen zu haben. Denn Taten auf Erden können nicht wieder ausgelöscht werden. Und seine letzten Worte, die er an das ständige unheimliche Klopfen richtet: „O könntest du Duncan aus dem Schlaf klopfen", sie quellen aus den verschütteten Tiefen seines besten Seelenteiles als edelste Regung des Gewissens. Dies muß man empfinden, um das Grauenvolle, dem Macbeth nunmehr ausgeliefert ist, in seiner ganzen Tragik mitfühlen zu können.

### *Das Pförtner-Intermezzo (3. Szene)*

Das ständige unerklärbare Klopfen gibt dem inneren Schauder in Macbeths Seele äußere, sinnliche Wahrnehmbarkeit und führt uns aber gleichzeitig der *dritten* Szene des Aktes entgegen, die selbst wieder die Brücke bildet von der Mordtat zu deren Entdeckung. Der Pförtner-Monolog mit seinem scharf gewürzten Humor zeigt sich, wie in allen Rüpelszenen Shakespeares, auch hier als Kontrapunkt zum Hauptthema. Er unterbricht nicht – er setzt fort, indem der innere Vorgang in eine andere Beleuchtung gestellt wird. In plastischen Bildern entrollt sich uns ein Querschnitt durch alle Gesellschaftsschichten, wobei der durchgehende „cantus firmus" die „Zweideuteleien" und „Verrätereien" dieser Gesellschaft ungeschminkt an den Pranger stellt:

„Mein Treu, ein Zweideutler, der in beide Schalen gegen jede Schale schwören konnte, der um Gottes willen Verrätereien genug beging, und sich doch nicht zum Himmel hinein zweideuteln konnte." (II/3)

Fast zwangsläufig muß man sich bei diesen Worten an den Eintritt Duncans und Banquos in dieses Schloß erinnern:

> „Dies Schloß hat eine angenehme Lage;
> Gastlich umfängt die leichte, milde Luft
> Die heitern Sinne." (I/6)

So sprach der König. Und Banquo wies auf ein Zeugnis, die Richtigkeit dieser Worte unterstreichend: auf die *Schwalbe,* die so friedlich an der Mauer des Schlosses nistete. Wir haben dieses natürliche Scheinen jenem geheuchelten Schein an die Seite gestellt, den die Lady ihren Gemahl lehrte: „blick harmlos wie die Blume, doch sei die Schlange drunter." Jetzt, in den vom Dunst stark gewürzter Getränke umnebelten Pförtnerworten, wird das ganze Schloß zum Symbolum dieser Zwiespältigkeit von „Innen" und „Außen". Denn alle die imaginierten Einlaß-Begehrenden scheinen anders, als sie in Wahrheit sind. Und schleicht sich diese Umkehrung, diese *Inversion,* nicht bis in seinen Namen ein: *Inverneß?* Es ist schon so: das Schloß Macbeths ist kein Ort der „Wesens-Offenbarung"; es ist Metapher der inneren Hölle, in der Macbeth gefangen ist. Und der „Höllen-Pförtner" setzt dieses Bewußtsein des Grauens, das uns umgibt, *„in eine alberne, gespielte, natürliche*

*Szene um.“ (3)* Durch das Klopfen, eben noch gespenstische Begleitmusik der Mordszene, aus dem Schlaf gerüttelt, läßt der „Höllen-Pförtner“ verschiedene Typen von Sündern ein: einen Selbstmörder, einen Verräter (Zweideutler), einen Dieb. Auch Macbeth hat sein eigenes höheres Ich getötet, auch er ist Verräter, der sich durch Mord die Königswürde stiehlt. Aus den Abgründen seiner Seele werden wir solcherart dem weiteren Geschehen entgegengeführt.

### *Die Entdeckung des Mordes (3. und 4. Szene)*

Macduff und Lenox pochen an die Pforte. Sie kommen, den König zu wecken. Auch den beiden Ankömmlingen lag diese Nacht wie ein Alp auf ihrem Schlaf.

> „Die Nacht war stürmisch; wo wir schliefen,
> riß es
> Den Schlot herab; und wie man sagt, erscholl
> Ein Wimmern in der Luft, ein Todesstöhnen,
> Ein Prophezein in fürchterlichem Laut
> Von wildem Brand und gräßlichen Geschichten,
> Neu ausgebrütet einer Zeit des Leidens.
> Der dunkle Vogel schrie die ganze Nacht durch:
> Man sagt, die Erde bebte fieberkrank.“ (II/3)

Noch einmal wird in düsteren Bildern die Tatsache dieses „ersten“ Mordes in der Geschichte der Menschheit aufgezeigt. Macduff ist der Entdecker der Untat.

> „O Grausen! Grausen! Grausen! Zung’ und Herz
> Faßt es nicht, nennt es nicht!...
> Jetzt hat die Höll’ ihr Meisterstück gemacht!“
> (II/3)

Tumult, Aufregungen, Schreien und Rennen.

„Die Sturmglock' angeschlagen! Mord! Verrat!
Banquo und Donalbain! Malcolm! erwacht!
Werft ab den flaum'gen Schlaf, des Todes Abbild
Und seht ihn selbst, den Tod! – Auf, auf und
schaut
Des Weltgerichtes Vorspiel! –Malcolm! Banquo!
Steigt wie aus eurem Grab! wie Geister schreitet,
Als Graungefolge diesen Mord zu schaun!
Die Glocken stürmt!" (II/3)

Es ist das Entsetzen über den „Ur-Mord", der hier verübt wurde. Auch die Lady eilt – Ahnungslosigkeit heuchelnd – herbei.

„Was ist denn vorgefallen,
Daß solch schreckliche Trompete ruft
Zum Rat die Schläfer dieses Hauses? Sprecht!,,
(II/3)

Doch all dies ist Oberfläche. In der Tiefe des Geschehens steht einzig Macbeth. Sein eigenes Entsetzen steht den Worten Macduffs an apokalyptischer Kraft in nichts nach:

„Wär ich gestorben, eine Stunde nur,
Eh dies geschah, gesegnet war mein Dasein!
Von jetzt gibt es nichts Ernstes mehr im Leben:
Alles ist Tand, gestorben Ruhm und Gnade!
Der Lebenswein ist ausgeschenkt, nur Hefe
Blieb noch zu prahlen dem Gewölbe!"
(II/3)

Abgefeimteste Heuchelei und tief in das Mark schneidende Wahrheit – beides beinhalten diese Worte. Denn aus ihnen spricht nicht nur der Macbeth, der vor uns steht. *Der* heuchelt und lügt. Aber *durch* ihn spricht jener andere Macbeth, den zu verabscheuen wir nicht vermögen, weil wir sein Verstricktsein in die Hemmungslosigkeit seiner irdischen Egoität zu tragisch empfinden. Und dieser Macbeth lügt nicht. Jedes Wort meint er so, wie es gesprochen ist. Denn *der* weiß um seine Tat; weiß, daß sein Erdendasein gesegnet wäre, hätte er eine Stunde vor dieser Tat sterben können.

Doch schon drängt sich der dunkle Macbeth wieder auf, der, um die Zeugen zum Schweigen zu bringen, bewußt die Kämmerlinge ersticht, „in Raschheit seiner heft'gen Liebe"; ein brutaler, kaltblütiger Heuchler, *„der nicht die Klugheit des Handelnden vergißt." (3)* Denn auf die Kämmerlinge fällt der erste Verdacht. Lenox spricht ihn aus:

> „Die Kämmerlinge, scheint es, sind die Täter;
> Denn Händ' und Antlitz trugen blut'ge Zeichen,
> Auch ihre Dolche, die unabgewischt
> Auf ihren Polstern lagen." (II/3)

Wenn sich Macbeth trügerisch selbst anklagt: Oh! Jetzt bereu' ich meine Wut, daß ich sie niederstieß," ist es Macduff, der nach dem Warum dieser überraschen Tat fragt. Und wir können den leisen Vorwurf, in dem ein unwillkürlicher Hauch des Zweifels mitschwingen mag, nicht überhören, der in dieser schlichten Frage liegt: „Warum habt Ihr's getan?"
Doch der Täter ist um die Entgegnung nicht verlegen, die ein Eingeständnis seines Fehlers gleichermaßen enthält wie ein einsehbares Alibi dafür:

> „Wer ist weis' und entsetzt, gefaßt und wütig,
> Pflichttreu und kalt in einem Augenblick?
> Kein Mensch. Die Raschheit meiner heft'gen Liebe
> Lief schneller als die zögernde Vernunft – "
> (II/3)

Und der Aufschrei ausbrechender Leidenschaft, der uns noch einmal in gequältem Pathos das furchtbare des Anblicks malt –, ist er nur Heuchelei?

„Duncan lag hier, die Silberhaut verbrämt
Mit seinem goldnen Blut – die offnen Wunden,
Sie waren wie ein Riß in der Natur,
Wo Untergang vernichtend einzieht; dort die
Mörder,
Getaucht in ihres Handwerks Farb', die Dolche
Abscheulich von geronn'nem Blute schwarz.
Wer konnte sich da zügeln, der ein Herz
Voll Liebe hatt', und in dem Herzen Mut,
Die Liebe zu beweisen?" (II/3)

Vielleicht darf man auch in diesen Worten etwas von der Gespaltenheit seines Wesens heraushören. Lüge, Verstellung, abgefeimte Heuchelei bedeuten sie für den Verräter Macbeth. Von Entsetzen im Erkennen der Untat spricht jener Macbeth, dem der Funke seines Menschseins noch nicht ganz geschwunden ist.

Das gleiche gilt für die Ohnmacht, die der Lady droht: „Helft mir fort". *Schücking* ist der Auffassung, daß hier zum ersten Mal ihre Nerven den Dienst versagen, daß sie ihnen zu viel zugemutet hätte: *„Sie hat den Macbeth als sein böser Genius auf dem von ihm eingeschlagenen Wege weitergetrieben, ihn mit Hohn und Spott an der Umkehr gehindert und ihm die Willenskraft einzuflößen versucht. Nun ist die Tat geschehen. Wie wird sich Macbeth jetzt, wo sie ihn vor den Menschen sich selber überlassen muß, mit seiner Rolle abfinden? Wird er, dem es so schwer wird, in der Aufregung die rechte Maske festzuhalten, nicht zusammenklappen und das Spiel vorzeitig preisgeben? Die ungeheure Aufregung der durchwachten Mordnacht im Verein mit dieser herzbeklemmenden Spannung erweisen sich als zu viel für sie." (8)* Zwar sind es keine ethischen Momente, die ihr die Nervenkraft rauben, aber der Schwächeanfall, so wir ihn für echt halten wollen, zeigt doch die Unzulänglichkeit ihres Mensch-

seins auf. Andere Ausleger freilich wollen in dieser Ohnmacht nur einen schlauen Trick sehen, *„um die Aufmerksamkeit von ihrem Gatten in seiner schwierigen Lage abzuziehen, zumal sie wohl fürchtet, daß er mit seiner ungeschickten Rede ihrer nicht Herr würde." (8) F. Th. Vischer* schließlich versuchte beide Auffassungen zu verbinden, indem er feststellt:
*„Die Lady will nun so tun, als werde sie ohnmächtig, wird es aber wirklich, weil sie doch nicht ertragen kann, was sie glaubte, ertragen zu können. Die meisten Erklärer nehmen hier einfach Trug an. Ich bin aber überzeugt, daß das hier Shakespeare sagen will: es ist beides wahr. Sie heuchelt eine Ohnmacht, und es fällt ihr leicht, sie zu heucheln, weil sie nahe daran ist." (8)* Die Frage nach der Echtheit ihrer Schwäche bleibt jedenfalls offen und es ist dem Zuseher überlassen, was er aus den wenigen Worten: „Helft mir fort", heraushören will. Vielleicht, daß uns das spätere Schicksal der Lady einen Hinweis zur Beantwortung der Frage geben wird.

Eines jedoch ist unanzweifelbar: der Verrat steht im Raum, wenn ihn auch keiner auszusprechen wagt. Duncans Söhne fliehen, denn:

> „Der mörderische Pfeil ist abgeschossen,
> Und fliegt noch; Sicherheit ist nur für uns,
> Vermeiden wir das Ziel... (II/3)

Malcolm wird nach England fliehen, Donalbain nach Irland.

> „... Unser getrenntes Glück
> Verwahrt uns besser. Wo wir sind, drohn Dolche
> In jedes Lächeln: um so blutsverwandter,
> So mehr verwandt dem Tode." (II/3)

Ihre Flucht und der mit ihr verbundene Verdacht, selbst den Vatermord an Duncan begangen zu haben, entfernt das letzte Hindernis auf Macbeths Weg zum Königsthron. Von Macduff erfahren wir in der *vierten* Szene, daß Macbeth bereits ernannt und zu seiner Krönung nach Scone geeilt sei.

„Mag alles so geschehn, daß wir nicht sagen:
Bequemer war der alte Rock zu tragen!"
(II/4)

## DRITTER AUFZUG

### *Die Ermordung Banquos (1.–3. Szene)*

Zum dritten Male begegnen wir Banquo am Beginn des Aktes. Wir sehen ihn, den Mutigen, Weisen und Besonnenen nun auch in die Unzulänglichkeit irdischen Menschseins verwoben. Die Klarheit seines Denkens läßt ihn die wahren Zusammenhänge um den Mord an Duncan durchschauen; er weiß um Macbeths schändliches Spiel. Doch vermag er diese Klarheit seines Denkens nicht bis in die letzte Konsequenz zu tragen. Angesichts der Erfüllung des dritten Hexengrußes an Macbeth umschmeichelt ihn die eigene, an ihn ergangene Prophezeiung und trübt seinen Sinn.

„Du hast's nun, König, Cawdor, Glamis, alles,
Wie dir's die Zauberfraun versprachen;
und ich fürchte,
Du spieltest schändlich drum. Doch ward gesagt,
Es solle nicht bei deinem Stamme bleiben;

Ich aber sollte Wurzel sein und Vater
Von vielen Kön'gen. Kommt von ihnen Wahrheit
(Wie, Macbeth, ihre Wort' an dich bestät'gen),
Warum, bei der Erfüllung, die dir ward,
Soll'n sie nicht mein Orakel gleichfalls sein,
Und meine Hoffnung kräftigen?..." (III/1)

Müßte er sich aber nicht sagen, daß jenes Hexenwort von Macbeths Königtum nur durch dessen frevlerische Tat *Wahrheit* wurde? Daß es – für sich genommen – Täuschung, Verführung und daher *unwahr ist?* Würde seine Weisheit durch das ihn betreffende Schmeichelwort in diesem Augenblick nicht getrübt werden, müßte er die Lüge der Hexen erkennen und das an ihn gerichtete Orakel als ebenso unwahr verwerfen. Und gerade dies müßte ihm innere Warnung sein, die ihn Macbeths Nähe rechtzeitig fliehen ließe. Denn für Macbeth stellt er eine doppelte Bedrohung dar: als Mitwisser der Hexenprophetie und als der letztliche Nutznießer. Macbeth fühlt dies nur zu sehr; solange Banquo lebt, muß ihn daher Furcht verfolgen. Und der Zuschauer wird neuerliche Untat ahnen, wenn er hört, wie liebend besorgt Macbeth den einstigen Schlachtgefährten zum Festmahl einlädt und sich genau seines Weges und der geplanten Rückkehr erkundigt.

„Wir hören, uns're blut'gen Vettern weilen
In England und in Irland; nicht bekennend
Den grausen Vatermord, mit seltnen Märchen
Die Hörer täuschend. Doch das sei für morgen,
Da außerdem das Staatsgeschäft uns alle
Zusammenruft. Säumt länger nicht: lebt wohl,
Bis wir zur Nacht uns sehn. Geht Fleance
mit Euch?
... Den Rossen wünsch' ich schnellen, sichern
Lauf;
Besteigt sie alsobald und reiset glücklich. –"
(III/1)

Macbeth mordete, um König zu werden. Am Ziele aber sieht er sich um seinen Mörder-Sieg betrogen:

„Das so sein, ist nichts:
Doch sicher so zu sein. – In Banquo wurzelt
Tief unsre Furcht; in seinem Königssinn
Herrscht was, das will gefürchtet sein. Viel
wagt er;
Und außer diesem unerschrocknen Geist
Hat Weisheit er, die Führerin des Muts
Zum sichern Wirken. Außer ihm ist keiner,
Vor dem ich zittern muß; und unter ihm
Beugt sich mein Genius scheu, wie, wird erzählt,
Vor Cäsar Mark Antonius' Geist..." (III/1)

Dies aber ist die dritte Bedrohung durch Banquo, der er sich ausgesetzt fühlt: daß dessen Genius stets über ihn triumphieren wird als der Stärkere, Glücklichere und Erfolgreichere.

Das grauenhafte Rad beginnt sich zu drehen, an das er gebunden ist, und das Schiller seinen Oktavio Piccolomini aussprechen läßt:

*„Das eben ist der Fluch der bösen Tat,*
*Daß sie, fortzeugend, immer Böses*
*muß gebären."*
*(Die Piccolomini, V/1)*

Noch weiß Macbeth es nicht; weiß nicht, mit welch schrecklicher Konsequenz sich dieser „erste Mord" in unübersehbarer Zahl vervielfältigen wird. Der Zuschauer aber muß dabei erleben, wieviele noch bluten müssen, und mit welch schweren Opfern nur überwunden wird, was einmal so tief in das „Böse" gestiegen ist.

Der Schoß der entweibten Mutterschaft hat ihm keine Söhne geboren. Unfruchtbar ist seine Krone, ein „dürres Zepter" schwingt sein Arm. An Banquo aber ging das Wort, Ahnherr von Königen zu werden:

„Hab ich für Banquos Stamm mein Herz
befleckt,
Für sie erwürgt den gnadenreichen Duncan,
In meinen Friedensbecher Gift gegossen,
Einzig für sie, und mein unsterblich Kleinod
Dem Erbfeind aller Menschen preisgegeben,
Zu krönen sie! zu krönen Banquos Brut! –
Eh das geschieht, komm, Schicksal, in die
Schranken,
Und fordre mich auf Tod und Leben!"
(III/1)

Dies darf nicht sein, daß er sein „unsterblich' Kleinod", sein „eternal jewel" – seine „Seele" – für den anderen geopfert haben soll, der ihm jetzt Erzfeind sein muß. So wird ihm die Ermordung Banquos zwingende Notwendigkeit, ungeachtet, daß er damit das Hexenorakel selbst herausfordert und es zu schanden machen will, da es gegen ihn spricht.

Ohne Spur von Gewissensnöten bestellt er die Mörder; alte Soldaten, denen im Dienst Unrecht widerfuhr, und wofür er skrupellos Banquo als Urheber verleumderisch bezichtigt.

„So wißt,
Daß er es ehmals war, der euch so schwer
Gedrückt; was, wie ihr wähntet, ich getan,
Der völlig schuldlos..." (III/1)

Nichts mehr von Geistverbundenheit, von jener weißen Magie eines höheren Wesens gewahren wir in dem Macbeth, wie er jetzt vor uns steht. Die Dämonie seiner Ichsucht scheint alle Gewissenskonflikte vertilgt zu haben. Den Alptraum, der ihm den Schlaf raubt, glaubt er als Angstdämon vor Entdeckung erkannt zu haben, und daß der „blut'ge Unterricht", den er durch Duncans Ermordung selbst gegeben hatte, sich wider *ihn* kehren könnte. Aber Banquos und Fleances Tod wird ihm Sicherheit geben. Sicherheit, die für ihn Gesundheit bedeutet.

> „Und solches Werk vertrau' ich eurem Busen,
> Dessen Vollstreckung euren Feind entrafft,
> Herzinnig fest an unsre Lieb euch schmiedet;
> Da unser Wohlsein kränkelt, weil er lebt,
> Das nur in seinem Tod gesundet."
>
> (III/1)

So seine Worte zu den gedungenen Mördern. Die Lady dagegen, längst nicht mehr die aktive, treibende Kraft für das Handeln ihres Gemahls, weiß auch nichts von den neuen Mordplänen. Sie sieht nur seine Unzufriedenheit, glaubt ihn noch immer von Gewissenskonflikten zernagt und mahnt ihn, abzuschütteln und zu vergessen, was geschehen und nicht mehr zu ändern ist.

> „Nun, teurer Freund, was bist du so allein,
> Und wählst nur trübe Bilder zu Gefährten,
> Gedanken hegend, die doch tot sein sollten,
> Wie jen', an die sie denken? Was unheilbar,
> Vergessen sei's. Geschehn ist, was geschehn."
>
> (III/2)

Macbeth aber enthüllt ihr offen die wahre Wurzel des quälenden Grauens, das ihn peinigt.

> „Verwundet ward die Schlange, nicht getötet;
> Sie heilt und bleibt dieselb', indes ihr Zahn
> Wie sonst gefährdet unser bißchen Feindschaft.
> Doch ehe soll der Dinge Bau zertrümmern,
> Die beiden Welten schaudern, eh wir länger
> In Angst verzehren unser Mahl, und schlafen
> In der Bedrängnis solcher grausen Träume,
> Die uns allnächtlich schütteln." (III/2)

So wahnzerstört ist seine Seele, so furchtbar die Qualen seiner Träume und Vorstellungen, daß er den Toten beneidet, dem er Ruhe und Frieden gab:

„Lieber bei
Dem Toten sein, den, um an's Ziel zu kommen,
Zum Frieden wir gesandt, als auf der Folter
Der Seel' in ruheloser Qual zu zucken.
Duncan ging in sein Grab,
Sanft schläft er nach des Lebens Fiberschauern;
Verrat, du tatst dein Ärgstes: Gift noch Dolch,
Einheim'sche Bosheit, fremder Anfall, nichts
Kann ferner ihn berühren.“ (III/2)

Es geht aus diesen Worten wohl eindeutig hervor, daß nicht Gewissensbisse Macbeth quälen, sondern die Angst, selbst Opfer von Verrat, Gift oder Dolch werden zu können. Aber Verräter ist er auch jetzt in seiner Zerknirschung, ist Lügner auch seiner Gemahlin gegenüber, wenn er sie bittet, beim Festmahl sich besonders um Banquo zu kümmern:

„Und schenk ihm Auszeichnung mit Wort und Blick.
Unsicher noch, sind wir genötigt, so
Zu baden unsre Würd' in Schmeichelströmen,
Daß unser Antlitz Larve wird des Herzens,
Verbergend, was es ist.“ (III/2)

Macbeth hat eine grausame Wandlung vollzogen. Er, der vor Duncans Ermordung noch bekannte, daß er keinen „Stachel“ hätte, „die Seiten seines Wollens anzuspornen“, der noch kein „Skorpion“ aus eigener Kraft sein konnte, er hat dem giftigen Reptil in seiner Seele Einlaß gewährt:

„Oh! von Skorpionen voll ist mein Gemüt:
Du weißt, Geliebte, Banquo lebt und Fleance.“

Ohne ihr Banquo namentlich als Ziel seines Anschlags zu nennen, beschwört er die „dunkle Hekate", als wäre sie die Vollstreckerin der Tat.

„Drum sei du fröhlich. Eh die Fledermaus
Geendet ihren klösterlichen Flug:
Eh, auf den Ruf der dunkeln Hekate,
Der hornbeschwingte Käfer, schläfrig summend,
Die nächt'ge Schlummerglocke hat geläutet,
Ist eine Tat geschehn furchtbarer Art."

(III/2)

Erleichtert, berauscht, ja fast in einen Taumel des Glücks scheint Macbeth durch diese Beschwörung der Nacht gehoben. *„Stimmungshafte Elemente werden dabei aufgezählt: der Flug der Fledermaus, das Summen nächtlicher Käfer und gleichzeitig die ‚blutige und unsichtbare Hand' der Nacht, die die Tat vollbringen soll. Es ist eine seltsame Mischung, Schauder und Glück, wie in dem Erlebnis von etwas Heiligem. Die Nacht und die in ihr wirksame Untat hat für Macbeth einen ekstatischen, numinosen Charakter." (3)*

Auch dieser Mord ist vollzogen, Banquo erlag den Dolchen der gedungenen Banditen. Den Orakelspruch freilich konnte Macbeth damit nicht zu schanden machen. Denn Fleance, dem Sohne Banquos, gelang es zu entkommen. Zwar tröstet sich Macbeth, daß dieses „Gewürm" erst in der Zukunft „giftig" wird –, allein das Blut Banquos lebt. Die „ausgewachsene Schlange" allerdings, von der unmittelbare Gefahr drohte, ist gefällt. Und ein seltsames Wähnen muß Macbeths Sinn erfüllen: der Glaube, daß *dieser* Tote ihn nicht heimsuchen wird, wie Duncan, da er nicht durch seine Hand fiel.

Doch muß er sich auch um diesen Sieg betrogen sehen. Denn die Toten – *leben!* Und das Grauen der ersten Mordnacht kehrt ihm mit Banquos Geist zurück. Im Erkennen seines irrtümlichen Wahnes, das Opfer würde ruhen, wenn nicht die eigene Hand sein Blut vergoß, schreit er ihm entgegen:

„Du kannst nicht sagen, daß ich's tat.
Oh, schüttle
Nicht deine blut'gen Locken gegen mich."
(III/4)

*Das Festmahl – Banquos Geist (4. Szene)*

Doch greifen wir der Handlung nicht vor. Wir stehen vorerst im Prunksaal des Schlosses und sehen eine reichgedeckte Tafel. Macbeth bittet seine Gäste zu Tisch. Da flüstern ihm die Mörder die Ausführung ihres Auftrages zu und gestehen die Flucht von Banquos Sohn. Wieder setzt Macbeth Sicherheit und Gesundheit gleich, wieder erlebt er die Qual beide zu entbehren:

„So bin ich wieder krank; sonst wär ich stark.
Gesund wie Marmor, fest wie Fels gegründet,
Weit, allgemein, wie Luft und Windeshauch;
Doch jetzt bin ich umschränkt, gepfercht,
umpfählt,
Geklemmt von niederträcht'ger Furcht und
Zweifeln."
(III/4)

Den scheinbar völlig Geistesabwesenden mahnt die Lady an seine hausherrlichen Pflichten. Macbeth ermannt sich.

„Beisammen wär uns hier des Landes Adel,
Wenn unser Freund nicht, unser Banquo, fehlte;
Doch möcht' ich lieber ihn unfreundlich
schelten,
Als eines Unfalls wegen ihn bedauern." (III/4)

Da aber geschieht das Grauenhaft-Unvorstellbare. Macbeth, der noch nicht Platz genommen hatte, sieht alle Plätze an der Tafel besetzt. Denn der leere Stuhl, auf den die Edlen deuten, trägt Banquos Geist. Nur für Macbeth ist er sichtbar. Wieder wird uns ein Zeugnis für die Gelockertheit und latente Imaginationskraft Macbeths gegeben. Die ekstatische Anrufung der nächtlichen Hekate in der vorigen Szene war das vorbereitende Element für seine Anfälligkeit, einen Zipfel jener Welten zu schauen, die dem normalen Verstandesbewußtsein verborgen bleiben. Auch *Walter Naumann* sieht darin kein bloßes krankhaftes Phantasiegespinst, sondern Realität: *„Sein Wesen ist in einer Erregung, die die Hülle des üblichen Bewußtseins durchbricht und daher fähig ist zu Visionen des Außermenschlichen, wie die jetzt folgenden Erscheinungen des Geistes von Banquo und später die Beschwörung der Hexen." (3)*

Wie haben wir die Erscheinung des Geistes zu verstehen? Feststeht, daß Macbeth allein ihn wahrnimmt. Auch von der Lady wird er nicht gesehen.

> „Bleibt sitzen, Herrn, der König ist oft so,
> Und war's von Jugend an – oh, steht nicht auf!
> Schnell geht der Anfall über; augenblicks
> Ist er dann wohl..." (III/4)

Und leise zu Macbeth gewandt: „Bist du ein Mann?" Was ihr ein Zeichen der Angst erscheint, ist für Macbeth Zeugnis eines furchtbaren Mutes:

> „Ja, und ein kühner, der das wagt zu schauen,
> Wovor der Teufel blaß wird." (III/4)

Doch läßt sie, die *nichts* erschaut, das Argument nicht gelten:

„Das sind die wahren Bilder deiner Furcht;
Das ist der luft'ge Dolch, der, wie du sagtest,
Zu Duncan dich geführt!...

Oh, schäme dich!
Was machst du für Gesichter? denn am Ende
Schaust du nur auf 'nen Stuhl."

(III/4)

Ihr Dialog ist alles andere als königlich. Ohne Funke von Verständnis oder gar Mitleid für seinen Zustand, ist er auf das Niveau sich befehdender Komplizenschaft herabgesunken. So hat sie für Macbeths Entsetzen nur *eine* Erklärung: „Ganz entmannt von Torheit!"

Hält sie ihm „folly" – „Irrsinn" – vor, so spricht sie den Festgästen gegenüber von „passion", von „leidenschaftlicher Erregung". Immer wenn Macbeth heuchlerisch die Abwesenheit Banquos bedauert, erscheint ihm der Geist des Ermordeten in jenem grauenhaften Zustand, in dem sich das Opfer der Mordtat gegenwärtig befindet.

Die Meinungen über die Geisterscheinung divergieren natürlich bei den verschiedenen Kommentatoren. *Schücking* ist der Auffassung, daß Macbeth in all diesen eingebildeten Schreckgestalten ein „Opfer seiner Nerven" sei:
*„Kein Zweifel an ihrem (der Nerven) krankhaften Zustande kann aufkommen, wenn er offenkundige Gesichts- und Gehörshalluzinationen hat, den blutigen Dolch in der Luft sieht, und nach dem Morde Stimmen hört. Solche Nervenschwäche ist anscheinend keine vorübergehende Erscheinung bei ihm, denn was die Lady den verstörten Gästen zuruft, als ihn der Anblick seines Opfers Banquo ganz außer sich bringt, das klingt wie eine ad hoc erfundene Beschwichtigung und mag es auch sein, aber den Stempel des objektiv Unwahren trägt es trotzdem nicht an sich, wenn auch die furchtbare Aufregung, die der zweite Mord mit*

*sich bringt, die vorhandene Anlage wieder einmal zu einer ungewöhnlichen Krisis steigert." (8)*

Dieser physiologischen Deutung stellt *A. C. Bradley* eine psychologische entgegen, welche ihn in der Geisterscheinung die Projektion der Gewissensstimme erblicken läßt:

*„Die Tat ist vollzogen: aber anstatt, daß sich nun Friede auf ihn herabsenkt, steigt aus den Tiefen seiner Seele sein halbersticktes Gewissen empor; seine Tat tritt ihm in der Erscheinung von Banquos Geist entgegen." (5)*

Auch in dieser Deutung ist die Erscheinung nur *Bild:* *„Anstatt in der offenen Sprache moralischer Ideen, Gebote und Verbote zu ihm zu sprechen, nimmt Macbeths besseres Ich die Gestalt von Bildern an, die wachrütteln und entsetzen." (5)*

Damit käme in beiden Fällen der Erscheinung bloß subjektive Realität zu, wobei die damit verbundene Frage, ob Macbeth auch der Erscheinung ansichtig geworden wäre, wenn er vorher nicht von dem Gelingen des Anschlages erfahren hätte, verneint werden müßte.

Objektiver sieht *Walter Naumann* das Geist-Erlebnis: *„Macbeth zeigt eine ... Erfahrung der Leidenschaft, des aufs höchste erregten Gemüts, das nicht mehr unter der Kontrolle der leitenden täglichen Vernunft steht und daher Wesen und Erscheinungen, die uns im Dunkel umgeben, wahrzunehmen vermag." (3)*

Die Formulierung „Wesen und Erscheinungen, die uns im Dunkel umgeben," kommt der geisteswissenschaftlichen Sicht zweifellos am nächsten. Denn eine von der Geisteswissenschaft *Rudolf Steiners* ausgehende Erklärung wird, ähnlich wie bei der Hexen-Erscheinung zu Beginn, gerade eine reine Subjektivität des Geistes in Frage stellen. Daß Menschen von kurz Verstorbenen Erscheinungen haben können, ist wiederholt glaubhaft bezeugt worden. Namentlich im zweiten Weltkrieg hat sich dies für unsere heutige

Zeit durch zahlreiche derartige Erlebnisse bekundet. Diesen Phänomenen muß man nicht verständnislos gegenüberstehen, oder sie gar als krankhafte Halluzinationen abtun. Denn die Welt der Verstorbenen ist in Wahrheit immer um uns. Daß wir ihrer nicht ansichtig werden können, liegt an der Unterschiedlichkeit ihrer und unserer Bewußtseinssphäre. Medial veranlagte Menschen aber, deren Wesensglieder von Natur aus nicht so fest in sich gefügt sind, oder Menschen, die durch schwere Schicksalsschläge oder besondere Erlebnisse *gelockert* sind, kommen nahe an diese Sphäre heran. Und der Initiierte lebt in der Welt der *„sogenannten Toten“* (R. Steiner) genau so selbstverständlich, wie in der Sinneswelt.

Daß wir nun in Macbeth von allem Anfang an so eine„gelockerte Natur“ erblicken müssen, wurde genügend aufgezeigt. Seine immense Einbildungskraft erkannten wir als ein Hauptcharakteristikum seines Wesens. Und die Lady selbst stellt ja die Verbindung her zwischen dem Ansichtigwerden des Geistes und der „eingebildeten Dolchszene“, die ihn mit Zwangsgewalt zur Tat trieb. Beide Erlebnisse sprengen den Umkreis unseres normalen Sinnesbewußtseins und reichen in eine *jenseits* der Sinne liegende Sphäre. Der gegenwärtige Augenblick, wo er um Nachricht fiebert, daß der, vor dem allein er „zittern muß“, beseitigt ist, birgt Erregung genug in sich, ihn erneut aus den festen Grenzen dieser Sinneswelt herauszuheben, ohne deshalb dieses Sinnesbewußtsein zur Gänze auszulöschen. Vielmehr bestehen beide Erlebnisarten gleichzeitig nebeneinander, und das schafft den Eindruck einer Bewußtseinsspaltung –, die in Wahrheit ja auch vorliegt. Da dieser Zustand nur für ihn gilt, ist es folgerichtig, daß nur *er* die Geistbegegnung hat. Und da dieser Zustand seit je mit seinem Wesen, mit abwechselnder Intensität verbunden ist, erscheint die Feststellung Schückings durchaus akzeptabel, daß Macbeth diesen „krankhaften Zustand“ wirklich schon von Jugend auf hatte. Es wären dann allerdings die „zerrütteten Nerven“ nicht die Ursache, sondern die *Folge;* Folge einer gelockerten Konstitution seiner Wesensglieder, die ihm außer-sinnliche Erscheinungen zuteil werden läßt (Hexen, Banquos Geist), die wir jedoch nicht als subjektive Halluzinationen, sondern als objektive Realitäten zu werten haben.

Was *Banquo* betrifft, so müssen wir die starken Bindungen mit berücksichtigen, die ohne Zweifel zwischen ihm und Macbeth bestanden. Sie waren Freunde und Kampfgenossen, und blickten in der Schlacht zu gleicher Zeit, mit gleicher Intensität dem Tode ins Auge. Diese innere Verbundenheit wird in dem Gleichnis deutlich, welches der verwundete Krieger bei der Schilderung der Schlacht (I/2) gebraucht, in welchem er Macbeth mit einem *Adler,* Banquo mit dem *Löwen* vergleicht. Und beide hatten sie nach der Schlacht die Begegnung mit den Hexen. Genug Kriterien einer wirksamen Schicksalsbindung. Wenn Banquo auch durch Macbeth zu diesem Erlebnis geführt wurde, so mußte er doch „locker“ genug veranlagt gewesen sein, um der Hexen ansichtig zu werden.

Von der objektiven Realität der Welt der Verstorbenen her gesehen, ist die Heimsuchung des Mörders durch sein Opfer durchaus folgerichtig und einsehbar. Wie aber steht es nun mit der zweiten, der angeführten Auslegung: dem Gewissen?

Es ist ersichtlich, daß der Mord an Banquo unter ganz anderen seelischen Aspekten verübt wurde, als jener an Duncan. Macbeths besseres Ich wurde inzwischen nicht nur *„halberstickt“ (Bradley),* es wurde, in bezug auf seine eigene Bewußtseinshaltung, völlig aus seiner Seele verbannt. Aus eigener, wohldurchdachter Überlegung, *ohne* Mitwissen seiner Gemahlin, wurden die Mörder gedungen, und wir sehen ihn mit abgefeimtester Ruhe sich zum Mahle setzen:

„Beisammen wär uns hier des Landes Adel,
Wenn unser Freund nicht, unser Banquo fehlte.“
III/4)

Ja noch mehr! Als ihn die erste Geist-Erscheinung bereits erschreckt hat, und man annehmen müßte, daß sich das Gewissen langsam zu regen beginnt, vermag Macbeth nach dem Verschwinden des Geistes die Heuchelei noch zu übersteigern:

„Wohlan! Lieb' und Gesundheit trink ich allen...
So trink' ich auf das Wohl der ganzen Tafel,
Und Banquos, unsers Freunds, den wir vermissen.
Wär er doch hier!“ (III/4)

Wir fühlen deutlich, daß diese Worte: „Wär er doch hier!“ glatte Heuchelei sind und jenen hintergründig mitschwingenden Wahrheitsgehalt völlig vermissen lassen, den das geheuchelte Entsetzen nach der Ermordung Duncans: „Wär ich gestorben, eine Stunde nur, eh dies geschah...“ – noch aufwies. Damals konnte man durch die Lüge noch die Stimme des Gewissens hindurchhören. Davon ist jedoch hier keine Rede mehr. Zu tief ist Macbeth bereits gesunken. Er selbst spricht dies vor Beginn des Festmahls, in der 2. Szene, aus: „Oh, von Skorpionen voll ist mein Gemüt.“ *Vor* dem Mord an Duncan fehlte ihm noch nach eigenem Bekenntnis der „Stachel“; und wir nannten ihn den gestürzten „Adler“, dem die Kraft der Schwingen brach. Jetzt ist Macbeth zum „Skorpion“ geworden. Und so müssen wir feststellen: es ist zur Stunde nichts in Macbeths Seele, das uns an eine höhere Gewissensstimme mahnt und die Kraft hätte, so ein gewaltiges Erlebnis wie die Erscheinung des Geistes hervorzubringen. Von den peinigenden Seelenqualen, die ihn noch nach dem Mord an Duncan heimsuchten, gewahren wir nichts. Was also sollte der Augenblick hinausprojizieren?

Wäre die Anmahnung des Gewissens noch vorhanden, dann könnten wir in der Erscheinung des Geistes ein ähnliches Geschehen erblicken, wie es in früheren Zeiten der Menschheit zuteil wurde, als sie noch über ein instinktives Hellsehen verfügte. Damals stellten sich diesem archaischen Bilderbewußtsein die geistigen Gegenbilder der begangenen Untaten vor die Seele. Was in den Tragödien des Äschylos noch als Rachegottheit, als Erinnys, erscheint, ist in Wahrheit Bote aus jener Welt, in der das höhere Wesen des Menschen wurzelt. Die Verfolgung durch die Erinnyen, wie sie etwa Orest erleidet, trägt neben Grauen und Schrecken gleichzeitig eine heilsame Wirkung in sich. „*Es war gleichsam die Gegenwirkung der Götter, die den Menschen emporheben wollten, indem sie ihm die Wirkung seiner Tat zeigten, um ihm zu ermöglichen, die schädliche Folge seiner Tat zu beseitigen. So war es zwar ein Furchtbares, wenn die Wirkung der schlimmen Tat vor dem Menschen stand, aber im Grunde war es eine heilsame Wirkung des Weltengrundes, aus dem der Mensch selbst herauskam.*" *(11)* Der Gedanke, hier eine Parallelität zu sehen, liegt vielleicht nahe. Doch würde er nicht dem objektiven Sachverhalt entsprechen. Denn schon bei Euripides zieht diese „Gottesstimme" in das Innere des Menschen ein. Sie ist deshalb nicht weniger objektiv als sie es vordem war, da sie sich dem Bewußtsein noch von außen, als imaginative Anschauung vorstellte. Nur daß mit dem Erwachen des Ich in der Seele diese „Gottesstimme" nunmehr *verselbstet* wird, der Mensch sich mit ihr identifizieren kann. Diese höhere Ich-Natur übernimmt fortan jenen moralischen Imperativ, der zur Selbsterkenntnis aufrüttelt. Die Erscheinung des Geistes mit der antiken Erinnys in Verbindung zu bringen, hieße diese Ich-Entwicklung der Menschheit negieren.

Daß sie aber auch nicht als subjektive Gewissens-Vision gewertet werden darf, wurde bereits gesagt. So stellt sich uns diese Geist-Begegnung als eine Realität dar, die a priori in keinerlei Zusammenhang mit irgendwelchen Gewissensnöten zu bringen ist. Die Heimsuchung des Mörders erfolgt aus der Willensintention des Ermordeten, wobei der Schicksalszusammenhang, durch die Bindung zwischen Mörder und Opfer zu unvorstellbarer Intensität verdichtet, einen wesentlichen spirituellen Hintergrund darstellt. Daß Macbeth des ermordeten Kampfgenossen in seiner von ätherisch-astralen Leibeshüllen getragenen Ichheit ansichtig wird, urständet in der hellsichtigen Fähigkeit seines spezifisch gearteten Bewußtseins. Daher auch die vorhin aufgeworfene Frage in dieser Sicht zu bejahen ist: Macbeth würde die Geist-Erscheinung erleben, auch wenn sein Wachbewußtsein nichts vom Vollzug der Tat wüßte.

Allerdings hat dieses Erlebnis *Wirkungen* auf den Mörder. Denn es verhilft jener Stimme zum Durchbruch, die durch Macbeths niedere Triebnatur bislang überlärmt und zum Schweigen verurteilt war: eben der Stimme des Gewissens. Es ergibt sich uns also gerade die *Umkehrung* der Bradley'schen Auslegung: nicht die Gewissensqual ruft die Geist-Erscheinung herbei, sondern das aus objektiven Geistgesetzen heraus resultierende Erscheinen des Ermordeten entbindet mit Vehemenz die Gewissensqual. Und insoferne ergibt sich auf moralischer Ebene im Endeffekt allerdings eine gewisse Parallele zum antiken Erinnys-Erlebnis.

Denn Macbeth steht in diesem Ansichtigwerden des Geistes ja tatsächlich an der Schwelle zur geistigen Welt und bewegt sich damit in einem Bewußtsein, wie es der damaligen Menschheit eigen war. Dies rückt die verübte Untat in eine Seins-Dimension, deren Unermeßlichkeit das kreatürliche Dasein bis ins Mark erbeben läßt: „Hinweg! – Aus meinen Augen! – Laß die Erde dich verbergen!" Es ist die menschen-erdrückende Gewalt dieser „höheren Welt", die Macbeth die wildeste Tierheit beschwören läßt und ihm sogar den Ruf nach „Ungeschehen" abzwingt:

„Was einer wagt, wag' ich:
Komm du mir nah als zott'ger russ'scher Bär,
Geharn'scht Rhinozeros, hyrkan'scher Tiger –
Nimm jegliche Gestalt, nur diese nicht –
Nie werden meine festen Nerven beben.
Oder sei lebend wieder." (III/4)

Was ihn also verstört, ist das Ansichtigwerden eines Ausser- und Übermenschlichen. So ist auch der Ruf nach Annullierung der Tat zwar aus Angst und Schrecken geboren, aber das Offenbarwerden geistiger Realitäten birgt doch die Möglichkeit einer Katharsis in sich. Allein, Macbeth verwirft sie. Das bekunden seine Worte an die Lady, nachdem die Gäste das Haus verlassen haben und Macbeth ganz sachlich, ohne das geringste Anzeichen einer Abnormalität zu ihr spricht.

„Morgen will ich hin,
Und in der Frühe, zu den Zauberschwestern:
Sie sollen mehr mir sagen; denn gespannt
Bin ich, das Schlimmst' auf schlimmstem Weg zu wissen."
(III/4)

Er wendet sich von der „weißen Magie" die ihn heimsuchte und hofft, daß ihm die „schwarze Orakelstätte" den Ausweg weisen wird:

„Zu meinem Vorteil muß sich alles fügen."
(III/4)

Diese nunmehr ganz *bewußt* erstrebte Bindung an die Dämonenwelt geht merkwürdigerweise Hand in Hand mit einem immer stärker In-den-Hintergrund-Treten der Lady Macbeth. Bis zu Beginn des dritten Aktes mußten wir in ihr den eigentlich treibenden Stachel für Macbeths Handlungen sehen. Mit dem dritten Akt setzt jedoch der Umschwung ein. Von dem beabsichtigten

Mord an Banquo erfährt sie nur ganz vage zu einem Zeitpunkt, da bereits alles verabredet ist: „Unschuldig bleibe, Kind, und wisse nichts, bis du der Tat kannst Beifall rufen!" Ihre „Passivität" entrückt sie uns im gleichen Maße aus dem Blickfeld, wie Macbeth selbst zur treibenden Kraft der Geschehnisse wird. Ja, von hier an entschwindet sie ganz unseren Blicken, um erst im letzten Akt, vom Schlaf umfangen, uns noch einmal entgegenzutreten, ehe sie ihrem Leben gewaltsam ein Ende machen wird. Macbeth aber wird inzwischen vollführen, was sie einst beschwor: „Füllt mich vom Wirbel bis zur Zeh', randvoll, mit wilder Grausamkeit, ihr Morddämonen!" Ist es nicht, als ob ihr Wesen sich ganz hineinergossen hätte in seine Seele? Was sie einst war, lebt jetzt in ihm. Was von ihr bleibt, ist eine ausgebrannte Leibeshülle.

Düster bleibt Macbeths Sinnen:

„Was sagst du, daß Macduff zu kommen weigert
Auf unsre Ladung?" (III/4)

Banquo ist tot. Der Geist, so scheint es, ist besiegt. Aber das Rad der Folter steht nicht still: der ihm den Schlaf rauben wird heißt jetzt *Macduff.* Auch er muß fallen:

„Ich bin einmal so tief in Blut gestiegen,
Daß, wollt' ich nun im Waten stillestehn,
Rückkehr so schwierig wär, als durch zu gehn."
(III/4)

Macbeth glaubt nicht mehr an die Ruhe. Aber er glaubt an Gewöhnung. Sie wird ihm den „gemordeten Schlaf" ersetzen:

„Zu Bett! – Daß selbstgeschaffnes Graun
mich quält,
Ist Furcht des Neulings, dem die Übung fehlt. –
Wahrlich, wir sind zu jung nur. – " (III/4)

## *Die Orakelstätte der Hexen – Macduffs Flucht (5. und 6. Szene)*

Die *fünfte* Szene zeigt uns erneut die Heide. *Max Lüthi* weist darauf hin, daß ein Teil der Shakespeare-Forscher die Verse der Hekate in dieser Szene nicht für echt hält, man vielmehr eine spätere Einschiebung vermutet. Dieser Meinung schließt sich auch *Walter Naumann* an: *„Das Auftreten der Hekate als einer Oberhexe und die damit verbundenen Lieder und Tänze sind nicht von Shakespeare. Sie sind eingefügt, ohne Rücksicht auf den Ernst des Ganzen, zur Unterhaltung im Sinne der Auflösung menschlicher Entscheidungen in ein Feen- und Geisterspiel, wie wir es zum Beispiel aus dem späteren siebzehnten Jahrhundert aus Purcells Oper ‚Dido und Aeneas' kennen. Dort wird die bittere Entscheidung des Aeneas, Dido zu verlassen, um seiner Aufgabe zu folgen, in eine billige Verführung von Hexen verwandelt." (3)* Wir wollen auf die vielfache Skepsis der modernen Shakespeare-Forschung nicht weiter eingehen. Wie immer es sich verhalten mag, die Folgerichtigkeit der Handlung sowohl auf exoterischem wie auf esoterischem Felde ist jedenfalls gewahrt, und die Szene schließt sich für den „Wirklichkeitsbezug" ebenso organisch, wie für den „Verwesentlichungsprozeß" an das bisherige an. In gleicher Weise wie die Untaten des Paares zwangsläufig Verbrechen an Verbrechen reihen, wird Macbeth auch gezwungen, jenen inneren Weg weiterzugehen, der das auslösende Moment seines Handelns darstellte: das dunkel Orakel der Hexen. Was ihm zu Beginn des Dramas wie „zufällig" unbewußt begegnete, sucht er jetzt bewußt auf.

Wieder erleben wir die Hexen in ihrem eigenen Element. *Naumann* ist der Auffassung, daß sie *„keine Abstraktionen irgendwelcher Laster oder Verführungen"* darstellen, sondern *„ein Teil der Natur" (3)* sind. Wenn wir darunter keine Symbolik verstehen, sondern den Begriff „Natur" erweitern zu der wesenhaft zu der wesenhaft zu denkenden ätherisch-elementaren Sphäre, die hinter aller Sinneswahrnehmung liegt, ist dieser Deutung voll beizupflichten. Schon der Name der „Meisterin" ist für den kosmisch-ätherischen Charakter sprechend: *Hekate.* Wir werden an die griechische Göttin gleichen Namens erinnert. Luna – Diana – Hekate – alle drei Gottheiten waren den Griechen mit den *Monden*-Kräften verbunden. Rudolf Steiner erklärt diese dreifache Wirksamkeit in seinen „Faust-Vorträgen" dahingehend, daß Luna die Mondenwirksamkeit im Haupte, Diana jene in der Brust-Region, Hekate schließlich die Monden-Affizierung in der Stoffwechselsphäre des menschlichen Organismus darstellen würde. (12) Kosmisch gesehen, wäre Hekate die „unterirdische" Mondenwirksamkeit. Eine Kraft, deren Mondenqualität sich in die Erde hineingesenkt hat, und von dort, zurückstrahlend, in den Stoffwechselorganismus des menschlichen Leibes, vor allem auch in die Sexualsphäre wirkt.

Nun haben wir in der *Hexe* Hekate das dämonische Gegenbild, die egoistische Verzerrung dieser Wirkenskraft zu sehen. Und dies fügt sich folgerichtig an jenen verborgenen „Schwellen-Sturz" Macbeths an, den wir am Ende der vorhergehenden Szene erlebten. Auch denke man an jenen, mehr zwischen den Zeilen zu tastenden, erotischen Dunstkreis, der Macbeths Ehe umhüllt. Dem Wort *Liebe* wird in dieser Ehe kein Raum gegeben. Wohl aber wird der *Mann* und das *Geschlecht* wiederholt apostrophiert. Es ist bestimmt kein Zufall, daß der Dichter Macbeth, der eine „unfruchtbare Krone" trägt, die außersinnlichen Visionen aus dem hekatischen Hexenorakel holen läßt, einer die Zeugungs- und Schöpferkräfte pervertierenden Magie.

Nach dem gelungenen Verführungswerk der Hexen an Macbeth muß uns der Zorn ihrer Meisterin überraschen:

„Ihr garst'gen Vetteln, hab' ich denn
nicht recht?
Da ihr euch, dreist und unverschämt, erfrecht,
Und treibt mit Macbeth euren Spuk,
In Rätselkram, in Mord und Trug?
Und ich, die Meistrin eurer Kraft,
Die jedes Unheil wirkt und schafft,
Mich bat man nicht um meine Gunst,
Zu Ehr' und Vorteil unsrer Kunst?
Und schlimmer noch, uns wird kein Lohn:
Ihr dientet dem verkehrten Sohn
Der trotzig und voll Übermut
Sein Werk nur, nicht das eure, tut."

(III/5)

Die gegen den Orakelspruch vollzogene Ermordung Banquos könnte die Richtigkeit ihrer Worte bezeugen. Dennoch bleiben die Worte offen; denn der *richtige* Sohn wird nicht genannt. Man fühlt sich an Lessings Faustfragment erinnert, wo der Teufel sich Bericht geben läßt von den Verführungstaten seiner höllischen Gehilfen, und alle jene in ähnlicher Weise ausschilt, die Menschen ins Verderben lockten, die durch ihre eigenen Neigungen und Süchte dem Widersacher ohnehin ein Tor öffneten. Wucherer, Spieler, Kurtisanen, und wie immer sich das Laster menschlich verkörpern mag —, was soll bei diesen Menschen der teuflische Aufwand? Die sind durch ihre eigene Tat Beute des Bösen, und insoferne gar keine Beute. Aber die Unnahbaren, die Besonnenen, Tugendhaften, das sind die rechten Söhne, bei denen sich der Aufwand lohnt. So auch hier. *Banquo* etwa, er wäre eine echte Beute gewesen. Ihn, dessen „Königssinn" Weisheit und Mut vereint, zu Fall zu bringen, wäre echter Gewinn. Wie immer: die Frage bleibt offen, doch könnte man sie in diesem Sinne beantworten.

Aber noch ist nicht alles verloren: „Auf! bessert's noch; macht euch davon..." Macbeth wird ja kommen, das Orakel zu befragen, „sein Schicksal zu erspähn".

„Mit Hexenspuk und Sprüchen seid
Und jedem Zauberkram bereit.
Ich muß zur Luft hinauf; die Nacht
Wird auf ein Unheilswerk verbracht:
Vor Mittag viel geschehn noch soll."

(III/5)

Und sie gibt ihnen Unterricht in echter Geisterbeschwörung, wie sie nach vorhandenen Überlieferungen zu Shakespeares Zeiten bekannt waren:

„Ein Tropfen, gift'ger Dünste voll,
An einem Horn des Mondes blinkt,
Den fang' ich, eh er niedersinkt;
Der, destilliert mit Zauberflüchen,
Ruft Geister, die mit list'gen Sprüchen
Ihn mächtig täuschen, daß Beschwörung
Ihn treibt in Wahnwitz, in Zerstörung."

(III/5)

*Paul Arnold* schreibt darüber in seinem Buch „Esoterik bei Shakespeare": *„Die Hexen erschaffen Geister von verschiedenen Verdichtungen der Bosheit. Liederliche Leidenschaften, boshafte Gedanken können zu Verdichtungen der Luft führen, Larven hervorbringen, wenn es im Willen der Beschwörenden liegt. Diese bösen Geschöpfe vereinigen sich mit den Geistes- und Lebenskräften dessen, der sie entstehen ließ." (13)*
Durch *Rudolf Steiner* können wir jede Einzelheit des hier geschilderten Vorganges präzisieren. Hekate spricht von einem „Tropfen gift'ger Dünste", den sie fangen wird. Das Bild deutet zweifellos auf eine unreine astrale Substanz. Dieser Tropfen Astralität hängt nun „an einem Horn des Mondes": *„Ein Horn ist in der Sprache der Mysterien eine sehr geheimnisvolle Sache... Das Physische, das von irgendeinem Glied des Ätherleibes*

*herkommt, nennt man ein Horn. Ein Horn ist das Organ, welches der äußere physische Ausdruck für irgendetwas Ätherisches ist." (14)*
Wir haben es also mit einem „Tropfen" zu tun, der sich aus dem Astralischen, durch das Ätherische bis ins Physisch-Organische hinein verdichtet. Darin spiegelt sich die dreifache Wirkenskraft der Hekate in den Leibeshüllen, auf die Rudolf Steiner verweist: *„Die Kräfte der Hekate sind es, die im einzelnen Menschen die Entwicklung der drei Hüllen bewirken." (15)* Und zwar sind es immer verdichtende Wirkungen, die zur „Erde" führen. Dies alles in die dämonische Gegenwelt gestellt, macht deutlich, wie sehr Macbeth nunmehr in seinen Leibeshüllen mit untersinnlichen Kräften verstrickt werden wird.

> „Dem Tod und Schicksal sprech' er Hohn,
> Nicht Gnad' und Furcht soll ihn bedrohn."
> (III/5)

Noch eben sprach Macbeth das Wort: „Ich bin einmal so tief in Blut gestiegen..." – ein Grauen-erregendes Wort, aber ein Wort, aus dem doch auch das Stöhnen einer zu tragenden Schicksalslast herausklingt. Und der Tod? Er ist die Macht, vor der sich auch der schlimmste Frevler beugen muß, und die gerade den Schlimmsten mit Furcht erfüllt, weil er sich bar jeder Gnade weiß. All dem soll Macbeth Hohn sprechen. Der Weg, der ihn dorthin bringen soll, ist ein wahrhaft teuflischer:

> „Denn, wie ihr wißt, war Sicherheit
> Des Menschen Erbfeind jederzeit." (III/5)

Sicherheit – als Erbfeind des menschlichen Ichs. *„Der Mensch ist seinem Wesen nach ein Unsicherer" (2),* schreibt Max Lüthi. Aber gerade dies gibt ihm die Möglichkeit, sein Ich zu stählen. Die Wahrheit dessen kann uns bewußt werden, wenn wir an das *faustische* Bekenntnis eines kommenden, freien Menschentums denken:

> *„Nur der verdient sich Freiheit und das Leben,*
> *Der täglich sie erobern muß.*
> *Und so verbringt, umrungen von Gefahr,*
> *Hier Kindheit, Mann und Greis sein tüchtig Jahr."*
> *(V/ Großer Vorhof des Palastes)*

Macbeth dagegen sucht die „Sicherheit", die ihm gleichbedeutend mit „Gesundheit" ist. *„Er glaubt an eine feste, gültige Ordnung. Deshalb wird er irre an sich selber, als er das Werk der Unordnung schafft, und sucht nun krampfhaft sich zu sichern, durch Taten, durch Selbstüberredung – er befragt von neuem die Hexen, und sie geben ihm durch ihre trügerischen Orakel eine äußere Scheinsicherheit, die das Grab jeder echten Sicherheit ist." (2)* Auch liegt Widerspruch in ihren Worten, dessen verheerende Folgen sich noch zeigen werden. Denn einerseits soll Macbeth das Gefühl absoluter Sicherheit erlangen, andererseits soll er in „Wahnwitz und Zerstörung" getrieben werden; zwei Dinge, die einander offenbar ausschließen. Dem Menschen in der Polarität seiner geistig-irdischen Wesensnatur kann, wie wir bereits sagten, niemals Sicherheit gegeben sein. Denn von Augenblick zu Augenblick muß er sich das Gleichgewicht beider Naturen immer wieder neu erobern, um in Freiheit Mensch sein zu können. In Sicherheit kann sich immer nur *eine* der beiden Naturen wiegen, indem sie die andere überwältigt. Und gerade diese Einseitigkeit wird es sein, die Macbeth in „Wahnwitz und Zerstörung" treibt.

Der Dialog zwischen Lenox und dem Lord in der *sechsten,* den Akt abschließenden Szene beleuchtet schlaglichtartig die Gegenwartssituation und läßt den Umschwung im Handlungsverlauf ahnen. Macbeths Tyrannei ist offenkundig. Malcolm, Duncans Sohn, wurde vom englischen König huldreich aufgenommen und Macduff, wegen seines Fernbleibens vom Königsmahl in Ungnade gefallen, will nach England, um „des heil'gen Königs Hilfe zu erbitten":

„Damit durch ihren Beistand, nächst
dem Schutz
Des Himmels, wir von neuem schaffen mögen
Den Tafeln Speis' und unsern Nächten Schlaf,
Fest und Bankett befrein von blut'gen
Messern."
(III/6)

Macbeth, dem dieses Vorhaben nicht verborgen blieb, rüstet zum Krieg.

## VIERTER AUFZUG

### *Macbeth bei den Hexen (1. Szene)*

In einer finsteren Höhle brauen die drei „Schicksalsschwestern" – „Weird Sisters" – ihren Zaubertrunk. Im Kessel, der die Mitte der Höhle einnimmt, gären und brodeln die obskursten, *„absurdesten, ekelerregenden Teile natürlichen Daseins, die in ihrer Zusammenfügung eine Halluzination von Übelkeit und böser Wirkung schaffen." (3)* Zunächst sind es Zutaten aus dem Reich des „Herrn der Ratten und der Mäuse", die im Kessel kochen und schmoren:

„Sumpf'ger Schlange Schweif und Kopf
Brat' und koch' im Zaubertopf:

Molchesaug' und Unkenzehe,
Hundemaul und Hirn der Krähe;
Zäher Saft des Bilsenkrauts,
Eidechsbein und Flaum vom Kauz:
Mächt'ger Zauber würzt die Brühe,
Höllenbrei im Kessel glühe!" (IV/1)

Eine Tiersymbolik, die im Detail für sich selbst spricht. Wir werden an die Wolfsschlucht in Webers „Freischütz" erinnert, wo Kaspar, der Söldling „Samiels", mit ähnlichen Zutaten die Freikugeln gießt. Die weiteren Ingredienzien jedoch schlagen die Brücke zu den niedersten Instinkten des Menschen und offenbaren uns damit die Metaphorik, die sich in dieser „Hexenküche" aussprechen will:

„Aus des Lästerjuden Lunge,
Türkennas' und Tartarzunge;
Eibenreis, vom Stamm gerissen
In des Mondes Finsternissen;
Hand des neugebornen Knaben,
Den die Metz' erwürgt im Graben,
Dich soll nun der Kessel haben.
Tigereingeweid' hinein,
Und der Brei wird fertig sein." (IV/1)

Hekate erscheint und lobt das Tun der drei Chaos-Töchter; im Verein mit ihr singen sie den Zaubersegen:

„Geister weiß und grau,
Geister rot und blau:
Rührt, rührt, rührt,
Rührt aus aller Kraft!" (IV/1)

Mit heftigem Pochen begehrt Macbeth Einlaß. Die ungeheure magische Kraft seiner Leidenschaft zwingt sie, ihm die Zukunft zu offenbaren. Doch gilt es vorerst, sich über diese Orakelstätte als solche Klarheit zu verschaffen. Denn zweifellos steht das jetzige Auftreten der Hexen in einem gewissen Gegensatz zum Beginn des Dramas. Dort konnte man tatsächlich den Eindruck gewinnen, daß es sich um bösartige Elementarwesen handeln würde, die sich in Sturm und Wetter zur Sichtbarkeit verdichten und wieder entmaterialisieren. Hier hat alles festere Konturen; die Höhle, der Kessel mit seinen Ingredienzien erwecken viel stärker den Eindruck eines sinnlichen Vorganges. Doch die dramatische Gestaltung darf uns die aussermenschlich-untersinnliche Natur auch dieser Szene nicht verkennen lassen. Der „Wirklichkeitsbezug" ist auch hier nur Gleichnis für einen Vorgang im ätherisch-astralen Bereich, ähnlich wie Goethe ihn in der „Hexenküche" seines Faust-Dramas gestaltet. Das wird schon aus dem Zaubersegen ersichtlich, in dem sich das Farbenspektrum einer astralen Aura widerspiegelt: „Geister weiß und grau, Geister rot und blau", die zum eigentlichen Bewirker des Trankes beschworen werden: „Rührt aus aller Kraft!" Vor allem aber geht dies aus Macbeths Worten hervor, die aufzeigen, mit welcher Intensität er einzutauchen weiß in ihr zerstörerisches Chaos. Seine Beschwörung bedient sich gewissermaßen ihres ureigensten Wesenselementes und dadurch zwingt er sie, ihm willfährig zu sein:

„Bei dem, was ihr da treibt, beschwör'
ich euch
(Wie ihr zur Kund' auch kommt), antwortet
mir:
Entfesselt ihr den Sturm gleich, daß
er kämpft
Gegen die Kirchen, und die schäum'gen Wogen
Vernichten und verschlingen alle Schiffahrt,
Daß reifes Korn sich legt und Wälder brechen;
Daß Burgen auf den Schloßwart niederprasseln,
Daß Pyramiden und Paläste beugen
Bis zu dem Grund die Häupter." (IV/1)

Macbeth weiß, wen er fragt! Er weiß, daß hier Kräfte walten, die nur Vernichtung kennen, die sich allem Leben, allem Keimen, Blühen und Fruchten mit mephistophelischem Haß entgegenstellen.

> „Müßte selbst
> Der ganze Schatz der Keimkraft der Natur
> Zusammen taumeln, bis Vernichtung selbst
> Es satt wird: Antwort gebt auf meine Fragen!"
>
> (IV/1)

Aber nicht wie Faust vor „des Chaos wunderlichem Sohn" steht Macbeth vor des Chaos Töchtern. Faust's Streben galt einem absoluten Wissen über alles, *„was die Welt im innersten zusammenhält";* Gott, Welt und Teufel waren in diesen Wissensdrang miteinbezogen. Macbeth geht es jedoch allein um sein eigenes Schicksal, das für ihn das Absolute bedeutet und wofür ihm kein Einsatz zu hoch ist. Herrisch, drohend klingt das Wort, das die „ganze Keimkraft der Natur", die *Ätherkraft des Lebens* preisgibt und von der Erde hinwegtilgen will, wenn anders nicht sein Egoismus zum Ziele kommt.

*Drei* Erscheinungen werden Macbeth zuteil. Die *erste,* das bewaffnete Haupt eines Kriegers, warnt ihn vor Macduff:

> „Macbeth! Macbeth! Macbeth! scheu
> den Macduff,
> Scheue den Than von Fife."
>
> (IV/1)

Es ist dies Antwort auf Macbeths erste Frage, die zu stellen ihn jedoch die Hexen mit den seltsamen Worten hinderten: „Er weiß dein Fragen: hören mußt du, selbst nichts sagen." Auch darin zeigt sich, daß wir es nicht mit einem gewöhnlichen Sinnesvorgang zu tun haben, sondern mit einem occulten Phänomen, das nur durch ein leibfreies Bewußtsein erlebt werden kann. Denn das irdische *Fragen* wird hier zu einem occulten *Hören* umgestaltet. Wenn man am physischen Plane etwas kennenlernen will, so muß man es von den verschiedensten Seiten kennen lernen, von den verschiedensten Standpunkten aus ansehen, usw. Man muß also *fragen.* In der geistigen Welt muß die Frage zu einer Realität werden; d.h. wir müssen mit unserem ätherisch-astralen Wesen einen *Umkreis,* einen Zirkel schaffen um das, was man wahrnehmen will. Dann kommuniziert gewissermaßen unsere eigene Astralität mit der astralen Sphäre, die wir umschließen. Und was wir als Frage in unserem Astralleib tragen, wird zu einem occulten Hören. (16) Den Umkreis schaffen in unserem Falle die Hexen; Macbeth verbindet sich mit ihnen und findet Einlaß. Deshalb kennen die Geister seine Fragen, da sie von seiner Astralität gestellt werden.

Die erste Erscheinung bedeutet die Warnung vor Macduff. Und wie das spätere Geschehen uns zeigen wird, liegt darin keine Unwahrheit.

Die *zweite* zeigt sich als ein „blutiges Kind", das mit seinen Worten die eben ausgesprochene Warnung hinfällig zu machen scheint:

> „Sei blutig, kühn und fest; lach aller Toren,
> Dir schadet keiner, den ein Weib geboren."
>
> (IV/1)

Macbeth fühlt den Widerspruch: „Dann leb, Macduff; was brauch' ich dich zu fürchten?" – Um aber „doppelt sicher Sicherheit" zu haben, beschließt er, Macduff zu töten. Er ahnt nichts von dem verborgenen Doppelsinn des Orakels, das mit seinem Reim den Akzent auf *geboren* legt. Macbeth hat keinen zu fürchten, der von einem Weibe *geboren* wurde, wohl aber den, dessen Geburt sich nicht im normalen Sinne vollzog, der etwa durch künstlichen, operativen Eingriff das Licht der Welt erblickte. Da sich die erste

Warnung auf Macduff bezog, müßte *er* derjenige sein, der auf diese abnormale Art geboren wurde. Aber Macbeth denkt weder an diese Doppelsinnigkeit hinsichtlich des Wirklichkeitsbezuges der Handlung, noch gar an jene, die sich uns auch auf der Ebene der Verwesentlichung ergeben wird. Und um ihn völlig sorglos zu machen, erscheint als *drittes* ein gekröntes Kind mit einem Baum:

„Was ist das,
Das aufsteigt wie der Sprößling eines Königs,
Und um die Kindesstirn geflochten hat
Den Kranz der Majestät?"

Offenbar nimmt die Erscheinung Bezug auf die Worte, die durch sie ertönen:

„Sei löwenkühn und stolz; nichts darfst du
scheuen.
Wer tobt, wer knirscht, und ob Verräter dräuen:
Macbeth wird nie besiegt, bis einst hinan
Der große Birnamswald zum Dunsinan
Feindlich emporsteigt."

Auch hier liegt es Macbeth fern, die Erscheinung selbst zu deuten, und zu erkennen, daß, wie hier das Kind einen Baum vor sich herträgt, ein ganzes *Heer* sich zu einem anrückenden Wald tarnen könnte. Ungeklärt freilich bleibt dabei immer noch, warum es eine *Kinderstirn* ist, um die sich der Kranz der Majestät flicht. Konnten wir das „blutige Kind" in seinem Bezug auf den nicht unter normalen Umständen geborenen Macduff noch verstehen, so bleibt uns die Erscheinung des „gekrönten Kindes" vorerst rätselvoll. Allein, Macbeth scheint beruhigt:

„Das kann nimmer werden –
Wer wirbt den Wald? Wie der Spruch entzückt!

Aufruhr ist tot, bis Birnams Waldung rückt
Bergan, und Macbeth hochgmut wird leben
Bis an das Ziel der Tage, zahlt Tribut
Nur der Natur und Zeit. –"

(IV/1)

Die teuflische „Zweideutelei" dieser Orakelsprüche liegt darin, daß sie durch Wahrheit Lüge bewirken, indem sie ein Unwahrscheinliches betonen, das dem Fragenden ein Vertrauen suggeriert und er darauf baut, daß dieses Unwahrscheinliche nie eintreten kann. Darin liegt die „Pseudosicherheit", mit der Macbeth in „Wahnwitz und Zerstörung" getrieben werden soll.

Hat er nun seine „Gesundheit" gefunden? Sein Triumphieren über die prophezeite Sicherheit währt nur einen kurzen Augenblick, dann stellt sich neue, nagende Sorge ein. Der qualvolle Gedanke, für Banquos Stamm sein „Herz befleckt" zu haben, kehrt wieder. Und so erzwingt er von den Hexen ein viertes Orakelbild, die Vision der gekrönten Kinder Banquos.

Diese *vierte* Erscheinung, die sich ja nicht auf Macbeths eigenes Leben bezieht, steht für sich. Auch sie zeigt Wahrheit auf, die für Macbeth jedoch Enttäuschung bedeuten muß. Was er erblickt sind die künftigen Könige Schottlands; Nachkommen Banquos in einer nicht abzusehenden Generationenfolge. *„Der regierende König, Jakob I., Stuart, der aus Schottland kam, leitete seine Familie von diesem legendären Ursprung her." (3)* So sehr Macbeth die drei ersten Erscheinungen bejubelte, so sehr verflucht er diese letzte Vision. Der Wille der Hexen bewahrheitet sich, den sie vor der Erscheinung kundtaten:

„Erscheint dem Aug und quält den Sinn:
Wie Schatten kommt und fahrt dahin."

(IV/1)

Und nur zu qualvoll wird ihm der Anblick:

„Du bist zu ähnlich Banquos Geist! hinab! -
Dein Diadem brennt mir die Augen – Und du
Mit goldumwundner Stirne gleichst
dem ersten: –
Warum zeigt ihr mir das? Ein vierter! – Blick,
erstarre!
Wie! dehnt die Reih' sich bis zum jüngsten Tag?
Und noch! – Ein siebenter! – Ich will nichts
mehr sehn. –
Da kommt der achte noch, und hält 'nen Spiegel,
Der mir viel andre zeigt, und manche seh' ich,
Die zwei Reichsäpfel und drei Zepter tragen –
Furchtbarer Anblick! Ja, ich seh', 's ist wahr;
Denn lächelnd winkt mir Banquo, blutbesudelt,
Und deutet auf sie hin, als auf die Seinen. –"
(IV/1)

Angesichts der vorhin gewonnenen Sicherheit müßte ihn diese letzte Schau ungerührt lassen. Denn keiner von all diesen Königen wird ihm persönlich schaden können. Es ist daher bloß der über seinen Tod hinaus neidende Egoismus, der ihn erregt. Daß er ein „dürres Zepter" zu tragen verdammt ist, hat er sich mit Bitterkeit längst eingestanden.

Er will es nicht wahrhaben, doch die Hexen bestätigen ihm das Geschaute: „Ja, alles ist so. –"

„Doch warum
Steht Macbeth da so starr und stumm?
Auf! zu ermuntern seinen Geist,
Ihm unsre schönsten Künste weist.
Durch Zauber tönen lust'ge Weisen;
Auf! tanzt in vielverschlungnen Kreisen.
Der König soll uns Lob gewähren:
Sein Kommen wußten wir zu ehren."
(IV/1)

Musik aus untersinnlichen Sphären, die mit „vielverschlungnen Kreisen“ Macbeths Sinne umgarnt, – dann ist der tanzende Hexenreigen plötzlich verschwunden, zergangen in Nacht und Nebel. So waren es also doch Geister der Elemente.

Was uns bei der letzten Erscheinung allerdings zu denken geben muß, ist der Umstand, daß sich Banquos Geist scheinbar der Hexenzunft zur Verfügung stellt. Dies ist für eine geistgemäße Sicht nicht glaubhaft. Auch deuten die Hexen-Worte: „Erscheint dem Aug' und quält den Sinn: /Wie Schatten kommt und fahrt dahin“ – darauf hin, daß es in erster Linie auf Verwirrung Macbeths angelegt ist, und wir es nur mit Gespenstern zu tun haben. Dann also wäre *dieser* Geist eine Spukgestalt, aus abgelegten Ätherhüllen durch Hexenmagie gewoben, wie letztlich alle Visionen, die Macbeth zu teil wurden. Der Spiegel in der Hand des achten Königs ist dafür sprechendes Symbol: Vorspiegelung, Täuschung, Gaukelei.

Der Schluß der Szene macht die *Frucht* dieses Hexenzaubers offenbar. Als Macbeth von der Flucht Macduffs nach England erfährt, erwacht das Fieber in seinem Inneren neu und keine magisch verbriefte Sicherheit kann ihn davon befreien. Ein merkwürdiger Widerspruch. Hat er nicht eben den Freibrief bekommen für ein Leben ungehemmtester Willkür? Und hat er ihn nicht triumphierend bestätigt? Woher kommt die nagende Furcht? Da sie aus seiner irdischen Natur nicht kommen kann, die hat „sicherste Sicherheit“, so kann sie nur – ihm gänzlich unbewußt – aus der anderen, von seiner egoistischen Sinnesnatur völlig überwältigten Wesensschicht erfließen. Wir sprachen es bereits aus, daß dem Menschen in seiner *Ganzheit* – und dazu gehören seine *beiden* Naturen – niemals Sicherheit werden kann. Der *irdische* Macbeth glaubt an die Zusicherung seiner Unverletzlichkeit, sein *ewiger* Wesensteil jedoch muß eine höhere, weit über dieser Dämonenwelt waltende Gerechtigkeit ahnen. Da dieses

Ahnen aber nur als dumpfes, unerklärliches Mißtrauen in Macbeths Tagesbewußtsein dringen kann, ist Verwirrung und Zerstörung die Folge:

„O Zeit! vor eilst du meinem grausen Tun!
Nie wird der flücht'ge Vorsatz eingeholt,
Geht nicht die Tat gleich mit. Von Stund'
an nun
Sei immer meines Herzens Erstling auch
Erstling der Hand. Und den Gedanken gleich
Zu krönen, sei's getan, so wie gedacht."
(IV/1)

Gedanke und Tat sei fortan im Augenblick verschmolzen. Macbeth wird in Zukunft *keine* Tat mehr reifen lassen. Er wird jenen Reifungsprozeß, der vom Willensimpuls bis zu dessen Ausführung organisch heranwächst, unterbinden. Der dunkle Willens-Trieb Hekates über-*mannt* ihn, überwältigt Verstand und Vernunft. Der Unternatur des Bösen ist nunmehr in seiner Seele freier Lauf gewährt.

Jetzt wird uns Hekates Unzufriedenheit mit ihren Dienerinnen völlig klar. Denn ehe Macbeth diese Stätte betrat, da galt noch das Wort vom „verkehrten Sohn",

„Der, trotzig und voll Übermut,
Sein Werk nur, nicht das eure, tut." (III/5)

Er tat, was sein Egoismus und seine Furcht forderten. Jetzt aber ist Macbeth ein Söldling des Bösen und seiner widergöttlichen Zielsetzungen geworden. Jetzt wird er *blindlings* morden, in „Wahnwitz und Zerstörung":

„Die Burg Macduffs will ich jetzt überfallen;
Fife wird erobert, und dem Schwert geopfert
Sein Weib und Kind, und alle armen Seelen
Aus seinem Stamm. Das ist nicht Torenwut;
Es ist getan, eh' sich erkühlt mein Blut. –" (IV/1)

Wie weit stand Macbeth vor dem Mord an Duncan noch entfernt von jener unseligen Einswerdung. Was damals die Lady in wilder Grausamkeit vergeblich für ihn beschwor, wird jetzt *durch ihn* Wirklichkeit. Ihr Wesen ist verschmolzen mit dem seinen. Aus dem Blickfeld der äußeren Handlung getreten, wirkt sie *in* ihm, aufgerufen durch die schwarze Initiation, die er eben erfuhr.

Der „innere Spiegelbelag", der uns die Abgründe der Seele verbirgt, ist zerbrochen, und der dahinter wesende „Zerstörungsherd" drängt herauf: *„Wenn wir tiefer in unser Inneres hineinsehen, wenn wir hinter den Erinnerungsspiegel sehen, dann erblicken wir das, was ich als eine Art Zerstörungsherd charakterisierte. Ein solcher Zerstörungsherd muß ja in uns sein, denn nur in einem solchen kann eigentlich das Ich des Menschen sich festigen... Wenn das, was im Innern ist, über die ganze Welt verbreitet würde, was würde in der Welt leben durch den Menschen? Das* Böse! *Das Böse ist nichts anderes, als das nach außen geworfene, im Innern des Menschen notwendige Chaos." (17)*

Jetzt mangelt Macbeth der „Bosheit" nicht mehr. Nach „außen geworfen" ergießt sie sich über Volk und Reich.

## *Die Ermordung von Macduffs Familie (2. Szene)*

Dem Plan, Macduffs Schloß zu überfallen, folgt die Ausführung auf dem Fuß. Die Flucht ihres Gemahls wird von Lady Macduff hart verurteilt, trotz Rosses Einwand, sie wisse nicht, ob „Furcht" oder „Weisheit" ihn dazu trieb.

> „Weisheit! Sein Weib, die kleinen Kinder lassen,
> Haushalt wie seine Würden, an dem Ort,
> Von dem er selbst entflieht? Er liebt uns nicht;
> Ihm fehlt Naturgefühl. Bekämpft der schwache

Zaunkönig, dieses kleinste Vögelchen,
Die Eule doch für seine Brut im Nest.
Bei ihm ist alles Furcht, und Liebe nichts;
Nicht größer ist die Weisheit, wo die Flucht
So gegen die Vernunft rennt."

(IV/2)

Vergeblich auch Rosses Bemühen, ihr das Chaos klarzumachen, in welches alles Leben in Schottland versunken ist, die Härte der Zeit, wo die Menschen „getrieben" werden „nach allen Seiten hin", wie auf „empörtem, wildem Meer". Ihr aus der alten Vaterwelt strömendes „Naturgefühl" kann Macduffs Handeln nicht verstehen. Doch ihr Söhnchen stellt dieses im Leiblich-Kreatürlichen verankerte Empfinden in fragwürdige Relativität, da die Mutter ihn fragt, wie er jetzt, da sein Vater „tot" sei – so radikal verurteilt sie Macduffs Flucht – wohl leben wolle? Da ist es das altkluge Kind, das der Mutter eigenes „Naturgefühl" aufgreift: „Wie Vögel, Mutter". Und es meint damit, es würde von dem leben, was es bekommen könnte, denn: „so machen sie's." Ein Vertrauen setzt der Sohn in das Naturgefühl, das die Mutter gar nicht mehr besitzt. Ein Vertrauen, das uns in seiner Kindhaftigkeit an die Worte der Bergpredigt gemahnt: *„Sehet die Vögel unter dem Himmel an: sie säen nicht, sie ernten nicht, sie sammeln nicht in die Scheunen; und euer himmlischer Vater nähret sie doch..." (Math. VI/26).*

Ist dies Kindeswort das erste Dämmerlicht eines anbrechenden neuen Morgens, der aus der „Sohneswelt" ersteht?

Des weiteren aber wird das Mutterwort durch die Frage nach Macduffs Verrat relativiert: „War mein Vater ein Verräter, Mutter?" Die Gefragte bejaht, und nennt Verräter jeden, „der schwört und es nicht hält." Lady Macduffs Logik, daß die ehrlichen Leute die Verräter hängen müßten, wird durch das Kind nicht nur ironisiert, sein Widersprechen zieht das Resümee aus dieser zwiespältigen Daseinswelt:

> „Dann sind die, welche schwören und es nicht halten, rechte Narren; denn ihrer sind so viele, daß sie die ehrlichen Leute schlagen könnten und aufhängen dazu.“ (IV/2)

Unversehens muß man sich an Lady Macbeths Worte erinnern: „Hätt' ich's geschworen, wie du dieses schwurst.“ Macbeth hat letztlich diesen Schwur gehalten und wurde trotzdem zum Verräter. Und wir denken an den „Pförtner“, der in „Beelzebubs“ und in des „anderen Teufels“ Namen, die „Zweideutler“ hereinläßt nach „Inverneß“. Von des ersten Than von Cawdors offenem Verrat gegen Duncan zieht sich ein roter Faden herüber bis zur gegenwärtigen Szene in der eben noch Rosse, ehe er schied, die so gewichtigen Worte sprach:

> „Nicht viel mehr darf ich sagen: -
> Doch harte Zeit, wenn wir Verräter sind
> Uns unbewußt, wenn uns Gerüchte ängsten,
> Aus Furcht nur, doch nicht wissend,
> was wir fürchten.“
> (IV/2)

Mit ähnlichen Worten bekennt es Faust:

> *„Du bebst vor allem, was nicht trifft,*
> *Und was du nie verlierst, das mußt du*
> *stets beweinen.“*
> *(Faust I, Nacht)*

Die Konsequenz daraus ist bitter: in unserer Zwienatur verhaftet, sind wir Menschen nicht immer Verräter? Müssen es sein, da das Verfolgen des einen Wesensprinzips Verrat am anderen bedeutet. Noch härter ausgesprochen: ist der Verrat nicht geradezu die Folge der Bewußtwerdung dieser, unserer Zwienatur? Die Folge des sich Erschöpfens der Vaterkräfte der alten Duncan-Welt? Die Wegzehrung ist aufgebraucht, und der *Mord* ist die Folge des Verrates. Wer hilft uns aus der Zwangsläufigkeit dieser Entwicklung? Wo finden wir die Kraft, die diesen Zwiespalt löst, die jenen Wesensteil, der „nicht von *dieser* Welt ist", in Harmonie bringt mit unserer Geschöpfnatur und uns *Mensch* sein läßt, ohne Verräter sein zu müssen?

Mit furchtbarer Konsequenz rollt das Rad über uns, das mit der ersten Aufforderung zum Verrat: „Eure Augen werden aufgetan", in Bewegung kam. Die von Macbeth gedungenen Mörder dringen auf das Kind ein; mit der Verteidigung seines Vaters auf den Lippen, daß dieser *kein* Verräter sei, stirbt es.

Das Naturgefühl, von dem Lady Macduff sprach, existiert nicht mehr. Mit Duncans Tod kam es zu Fall, und Macbeths Zepter hat es ausgetilgt. Noch einmal: wer soll dieser furchtbaren Macht, die nur Haß und Zerstörung, Ehrgeiz und Selbstsucht kennt, je Einhalt gebieten? Der Knabe gab im Sterben die Antwort: *der,* – der kein Verräter ist. Macduffs Flucht zeigt in Wahrheit den Weg zum Heil.

### *England! Macduff sucht Hilfe bei Malcolm*
### *(3. Szene)*

Die *dritte* Szene führt uns nach England, in den Park des königlichen Schlosses. Gleich die ersten Worte Malcolms, die er zu Macduff spricht, lassen uns die Unterschiedlichkeit seiner Bewußtseinshaltung gegenüber der seines Vaters Duncan deutlich erkennen. Malcolm ist zwar der leibliche Sohn Duncans, und wurde gleich nach der Schlacht als Thronfolger eingesetzt, aber der Anspruch, der ihm durch Geburt und

Erbrecht – also durch „*Naturgefühl*" – zukommt, ging ihm durch Macbeth verloren. Malcolm hat nichts, nur sich selbst. In dieser Sicht ist er nicht einfach der leibliche Sohn Duncans. Was er sich erringen will, muß er sich ganz aus sich selbst heraus erringen, muß nach anderen Kräften suchen, als nach jenen des Blutes und der Abstammung.

Um die „Zweideuteleien" dieser Welt weiß er nur zu gut Bescheid. Prüfend steht er Macduff gegenüber, der ihm das Leid und Elend schildert, das seit Macbeths Regentschaft Schottland heimsucht.

> „An jedem neuen Morgen heulen neue Witwen,
> Und neue Waisen wimmern; neuer Jammer
> Schlägt an des Himmels Wölbung, daß er tönt,
> Als fühlt' er Schottlands Schmerz,
> und hallte gellend
> Den Klagelaut zurück." (IV/3)

Malcolm weiß um die Not seines Landes und glaubt was ihm berichtet wird. Doch sein Glaube ist kein blindes Vertrauen, denn er weiß auch, daß auf Erden „Wesensoffenbarung" keine Geltung mehr hat:

> „Was Ihr mir erzählt,
> Kann wohl sich so verhalten. Der Tyrann,
> Des Name schon die Zung' uns schwären macht,
> Galt einst für ehrlich: Ihr habt ihn geliebt,
> Noch kränkt' er Euch nicht. Ich bin jung,
> doch näher
> Könnt Ihr durch mich ihn prüfen;
> Weisheit ist's,
> Ein arm, unschuldig, schwaches Lamm
> zu opfern,
> Um einen zorn'gen Gott zu sühnen." (IV/3)

Auffallend, wie Malcolm hier die „Positionen" absteckt, wie er den eigenen Standort bestimmt im Verhältnis zu jener Welt, wovon Macduff ein Abgesandter zu sein scheint. Denn der „zornige Gott“ ist der Gott des Alten Bundes, vor dessen Antlitz sich im Schicksalslauf der Evolution der Widersacher gestellt hat. Das „unschuldig, schwache Lamm“, als das Malcolm selbst sich erkennen muß, versinnbildet die *geistige* Sohnschaft. Solche Gleichnisse sind Chiffren des „geistigen Wortes“, die sich hinter der Handlung verbergen. Wir wollen sie nicht überhören.

Macduffs Antwort wiederholt die Worte des sterbenden Kindes: „Ich bin kein Verräter“. – „Aber Macbeth ist's“ – und dies hat Malcolm *sehend* gemacht. Er ist weit entfernt von Duncans Bewußtseins-Ohnmacht: „Kein Wissen gibt's, der Seele Bildung im Gesicht zu lesen“. Malcolm weiß, daß blindes Vertrauen Schwäche ist, und in dieser zwiespältigen Welt nicht bestehen kann:

> „Auch strenge Tugend kann sich
> schrecken lassen
> Durch königliches Machtwort – doch
> verzeiht!
> Mein Denken kann das, was Ihr seid,
> nicht wandeln –
> Stets sind die Engel hell, fiel auch der hellste.“

Auch Malcolm knüpft an die Bande der Natur, an die Vaterliebe an:

> „Wie! in der Hast verließt Ihr Weib und Kind,
> So teuren Ansporn, mächt'ge Liebesknoten,
> Selbst ohne Abschiednehmen? (IV/3)

Königlich ist seine Art, wie er das Mißtrauen als Sicherung seiner eigenen Person erklärt, nicht als Verdächtigung Macduffs:

„— — Ich ersuch' Euch —
Mein Mißtraun spricht nicht so, Euch
zu entehren,
Nur, mich zu sichern. Ihr könnt rein
und treu sein,
Was ich von Euch auch denke.“ (IV/3)

Macduff sieht angesichts von Malcolms Zögern die Hoffnung auf Rettung schwinden:

„Blute, blute,
Du armes Vaterland!
So lege festen Grund denn, Tyrannei,
Rechtmäßigkeit wagt nicht, dich
anzugreifen.
Trag' du dein Leid, der Anspruch steht nun fest.
Prinz, lebe wohl! nicht möcht' ich sein
der Schurke,
Den du mich achtest, für den weiten Raum,
Den der Tyrann in seinen Klauen hält,
Zusamt dem reichen Ost.“ (IV/3)

Noch einmal versichert Malcolm, daß es nicht „unbedingter Argwohn“ ist, der ihn zögern läßt:

„Ich glaub' es, unser Land erliegt dem Joch;
Es weint und blutet; jeder neue Tag
Schlägt neue Wunden ihm; auch glaub'
ich wohl,
Daß Hände sich erhöben für mein Recht.“
(IV/3)

Ja er gesteht sogar, daß ihm „das huldreiche England“ Hilfe böte, wider den Tyrannen Schottlands zu Felde zu ziehen. Sein Zögern, so entnehmen wir, liegt nicht an dem Fehlen von Möglichkeiten. Es liegt — nach Malcolm — in der Ungeheuerlichkeit, daß, würde *er* „auf des Tyrannen Haupt treten“, sein Land noch „grössere Lasten“ als zuvor zu tragen hätte. Denn ihm, Malcolm, sind„die Keime aller Laster“ so eingeimpft, daß der „schwarze Macbeth“ rein erscheinen müßte „wie Schnee“. Kein Schlechtes ist, das er nicht in höchster Potenz in sich trüge. Gewiß, Macbeth mag „nach jeder Sünde schmecken, die Namen hat“,

„Doch völlig bodenlos
Ist meine Wollust: eure Weiber, Töchter,
Jungfraun, Matronen könnten aus nicht
füllen
Den Abgrund meiner Lust; und meine Gier
Würd’ überspringen jede feste Schranke,
Die meine Willkür hemmte. Besser Macbeth,
als daß ein solcher herrscht.“ (IV/3)

Macduff erkennt wohl, daß auch Wollust Tyrannei bedeuten kann, die schon „manchen beglückten Thron zu früh verwaist, viel Könige gestürzt“ habe. Doch dies soll Malcolm nicht abhalten, zurückzukehren in sein Reich, zu nehmen, was sein ist.

„Allein deshalb
Zagt nicht, zu nehmen, was Eur eigen ist.
Ihr mögt der Lust ein weites Feld gewähren,
Und kalt erscheinen, mögt die Welt
so täuschen:
Der will’gen Frauen gibt’s genug;
unmöglich
Kann solch ein Geier in Euch sein, der alle
Verschlänge, die der Hoheit gern sich opfern,
Zeigt sie ein solch Gelüst.“ (IV/3)

Doch ist es nicht Wollust allein, die Malcolms Seele, seine *astrale* Wesensschicht voll Begierdenglut erfüllt. Auch der *Geiz* wuchert tief in seinen *Lebenskräften,* so unersättlich, daß,

„Wär ich der König
Räumt' ich die Edlen weg um ihre Güter;
Dem raubt' ich die Juwelen, dem das Haus:
Mehr haben wäre mir die Würzung nur,
Den Hunger mehr zu reizen; Netze strickt' ich,
Mit bösem Streit den Redlichen zu fangen,
Um Reichtum ihn vernichtend.“ (IV/3)

Damit würde auch er, gleich Macbeth, zum Vernichter allen Lebens werden. Daß Geiz ein Laster ist, das tiefer wurzelt als die Wollust, daß er ein Trieb ist, der – im Sinne geisteswissenschaftlicher Menschenkunde gesprochen – im Ätherleib sitzt, fühlt auch Macduff:

„Dieser Geiz
Steckt tiefer, schlingt verderblicher
die Wurzeln
Als sommerliche Lust: er war das Schwert,
Das unsre Kön'ge schlug.“ (IV/3)

Doch sollte auch dies Malcolm nicht abhalten, da Schottland reich genug sei, diesen Geiz zu befriedigen, und außerdem seine Tugenden die Laster mildern würden.

„Doch fürchtet nichts;
Schottland hat Reichtum gnug, Euch zu
befried'gen,
Der Euch mit Recht gehört. Dies alles ist
Erträglich, ausgesöhnt durch Tugenden.“
(IV/3)

Aber auch diese Hoffnung zerstört ihm Malcolm. Die stolze Zwölfzahl der Königstugenden besitzt er nicht, auf die Macduff hofft:

„Wahrheit, Gerechtigkeit, Starkmut, Geduld,
Ausdauer, Milde, Andacht, Gnade, Kraft,

Mäßigkeit, Demut, Tapferkeit – von allen
Ist keine Spur in mir – nein, Überfluß
An jeglichem Verbrechen, ausgeübt
In jeder Art." (IV/3)

Vielmehr ist sein Ich von Falschheit erfüllt, das „Netze strickt, mit bösem Streit den Redlichen zu fangen." Und *Mord* ist ihm Instinkt, ist der Wille seiner physischen Leibes-Natur. Darum nochmals:

„Besser Macbeth,
Als daß ein solcher herrscht." (IV/3)

Wir mögen gleich Macduff entsetzt sein über ein derartiges Geständnis; doch der äußere Handlungsverlauf befreit uns und ihn sehr rasch von dieser Last, die der Blick in die Abgrundtiefen einer Menschenseele uns auferlegte, indem er dieses Bekenntnis Malcolms nur als Prüfung Macduffs versteht. Denn es schließt mit der Frage:

„Darf nun ein solcher wohl regieren?
Sprich!
Ich bin, wie ich gesagt." (IV/3)

Und Macduff besteht die Prüfung. Mit seinem eigenen reinen Menschentum antwortet er offen und rückhaltlos:

„Regieren? Nein,
Nicht leben darf er! Oh, unsel'ges Volk,
Vom blut'gen Usurpator hingeschlachtet,
Wann doch erlebst du wieder frohe Tage?
Nie! denn der echtste Erbe deines Throns
Hat sich durch selbstgesprochnen Bann
verflucht,
Und brandmarkt seinen Stamm." (IV/3)

Macbeth hatte nur zu oft versucht, durch ähnliche Boten, Malcolm ins „Garn" zu locken. Deshalb läßt er „Vorsicht" walten, vor „allzu gläub'ger Hast." Macduff aber hat sein Vertrauen erworben:

> „Macduff, dein edler Zorn,
> Das Kind der Redlichkeit, tilgt aus der Seele
> Mir jeden schwarzen Argwohn, und versöhnt
> Mit deiner Treu und Ehre mein Gemüt...
> Doch Gott mag richten zwischen dir und mir!
> Denn jetzt geb' ich mich ganz in deine Hände;
> Die Selbstverleumdung widerruf' ich, schwöre
> Die Laster ab, durch die ich mich geschmäht,
> Als meinem Wesen fremd. Noch weiß ich nichts
> Vom Weibe, habe nimmer falsch geschworen,
> Verlangte kaum nach dem, was mir gehört:
> Stets hielt ich treu mein Wort, verriete selbst
> Den Satan nicht den Teufeln; Wahrheit gilt
> Mir mehr als Leben, meine erste Lüge
> War diese gegen mich." (IV/3)

Alle Laster sind widerrufen: Wollust, Geiz, Lüge, Verrat. Doch würde Malcolms Selbstbeschuldigung in ihrer letzten Tiefe unverstanden bleiben, würden wir den Vorwand der Prüfung und seinen Widerruf *nur* im Sinne eines „Als-sei-es-nie-gesprochen-worden" verstehen. Es *ist* gesprochen. Und es auszusprechen ist nur einem Bewußtsein möglich, das einen tiefen Blick in die menschlichen Seelengründe – genauer: in die *eigenen* Seelen-*Abgründe* – zu werfen imstande war. In ihnen liegt ja jene unübersehbare Palette von Tugenden und Lastern, die zur Genüge Erwähnung fanden. Malcolm hat uns ihre bedrohliche Farbenfülle bewußt gemacht. Er konnte es, da ihm Duncans Tod, der Verlust seines Thronrechtes, das Aufbrechen und Sich-über-die-Welt-Ergießen dieses „Chaos des Bösen" eindringlich das Ende des *leiblichen* Erbes lehrten. Der Mensch ist zu *allem* fähig. Wie selbstverständlich, im

Ablauf ihres Gespräches, macht uns der Dichter diesen Schicksalsweg deutlich, wenn er Macduff den Blick noch einmal zurückwenden läßt auf das alte Königtum Duncans:

„Dein frommer Vater
War ein höchst heil'ger Fürst; die Kön'gin,
die dich trug,
Weit öfter auf den Knien, als auf den Füßen,
Starb jeden Tag des Lebens." (IV/3)

Das durch Macbeth' Untat an dessen Stelle getretene Königtum aber wird durch Malcolm charakterisiert:

„Wohl ist er blutig,
Wollüstig, geizig, falsch, betrügerisch,
Jähzornig, hämisch; schmeckt nach jeder Sünde,
Die Namen hat."

Und an dieser Charakteristik entzündete sich seine Selbstbezichtigung: „Doch völlig bodenlos ist meine Wollust." So erhält Malcolms Selbstidentifikation mit dem Tyrannen menschheitliche Gültigkeit, als Zeugnis des korrumpierten Endes dieser leiblichen Sohnschaft.

Aber Malcolm weiß noch mehr. Er weiß, daß die Kraft, die allein und einzig den Weg zurück zu der verlorenen Vaterwelt finden läßt, die Kraft der *geistigen* Sohnschaft ist. Und das ist gleichzeitig jene Kraft, die nicht vom *Weibe* geboren ist. Sie erfließt aus jenem Wesensteil des Menschen, der nicht durch den Keim des Erbstromes geht, sondern im Reich des Göttlichen wurzelt. Zu diesem Wesensteil sprach der Christus: *„Ich sage euch, einen größeren Propheten als Johannes gibt es nicht unter denen, die vom Weibe geboren sind. – Aber der kleinste Teil desjenigen, was nicht vom Weibe geboren ist, der sich mit dem Menschen aus dem Reich Gottes verbindet, ist größer als Johannes." (Lukas VII, 28)* – Was sich durch

Christus in die Welt einleben will ist ein Neues, nie Dagewesenes, das aus den Lebensquellen des zweiten Paradiesesbaumes erfließt, und erst durch Christus der Menschenseele erschlossen wurde. Macbeth wird allein durch diese, nicht in den Erbstrom des Blutes getretenen, daher „nicht vom Weibe geborenen“ Kräfte, überwunden werden. Jetzt wird uns der Doppelsinn des Orakels auch in bezug auf seine Verwesentlichung, weitab von allen Hexenintentionen, erkennbar. Die Träger dieser Himmelskräfte sind Malcolm, Macduff und alle, die sich in diesem Geiste mit Malcolm verbinden.

Aus diesem Wissen heraus erfolgt der Widerruf seiner Selbstbezichtigung:

„Noch weiß ich nichts
Vom Weibe, habe nimmer falsch geschworen,
Verlangte kaum nach dem, was mir gehört...“
(IV/3)

Wie eine Lichtaura umstrahlen ihn die zwölf Königstugenden, aus denen er, indem er sie in sich vereinigt, herausgewachsen scheint. Und wie um Malcolms wahre „Sohnschaft“ auch dem blindesten Auge schaubar zu machen, fügt Shakespeare in den großen Dialog die kurze Szene des Arztes ein, in der freilich viele Ausleger nur eine Huldigung des Dichters an die englische Königin erblicken wollen, und manche neuesten Ausgaben sie daher für völlig unnötig halten, und sie in die Übersetzung gar nicht mehr aufnehmen. Und doch wurzelt in ihr der Beweis, daß Shakespeares „Macbeth“ eben kein „Mono-Thema“ darstellt, daß er nicht die Ausschließlichkeit von Blut und Mord zu seinem Inhalt hat. Denn in diesen kurzen Versen wird der mordenden Hand Macbeths die *heilende* Hand des englischen Königs gegenübergestellt. Sie vermag zu gesunden, was jeder ärztlichen Kunst zu trotzen scheint. – Viele „Arme“ sind versammelt, die auf des Königs Hilfe warten. „Ihre Krankheit“, so berichtet der Arzt, „trotzt jeder Heilkunst;“

> „Doch rührt er sie an,
> Hat so der Himmel seine Hand gesegnet,
> Daß sie sogleich genesen.“ (IV/3)

Der Wortlaut des Originals ist dabei wichtig. Was die Übersetzung mit den „Armen“ bezeichnet, die von dieser Krankheit befallen sind, nennt der Dichter:
„A crew of wretched souls“ – „eine Rotte elender, erbärmlicher Seelen“. Die Krankheit selbst wird „the evil“ – „das Übel“ – genannt. Das „Übel“ ist das Ende der Wege des kreatürlichen Menschen, und das Gegenbild des paradiesischen Heiles, das am Anfang war. Der König aber weiß dieses Übel durch *Gebet* zu überwinden und durch „eine goldene Münze“, die er um den Nacken dieser „seltsam Heimgesuchten“ legt, die „voll Schwulst und Aussatz, kläglich anzuschauen“ sind.

Auch hier tönt „geistiges Wort“. Denn das „Übel“ ist nicht nur eine leibliche Krankheit. Ganz Schottland ist von ihm „heimgesucht“. Die pervertierten Willenskräfte Macbeths, sein Zepter selbst sind ein schwärender Aussatz, zu dessen Heilung es gleichermaßen des *parakletischen Goldes* und jenes „vielfachen Segens“ bedarf, in deren Schutz und Hut sich Malcolm gestellt hat. Und in Macduffs Flucht zu Malcolm liegt in Wahrheit das Flehen: *Zu uns* komme dieses *Reich,* um uns von dem *Übel zu erlösen.* – –

Doch muß der Kelch des Leidens auch von Macduff bis zur bittersten Neige geleert werden. In den Hoffnungsschimmer dieser Szene bringt *Rosse* erneut den Todesschauer:

> „Dein Schloß ist überfallen; Weib und Kinder
> Grausam gewürgt – die Art erzählen, hieße

Das Trauerspiel von deines Hauses Fall
Mit deinem Tod beschließen.“ (IV/3)

Für einen Augenblick scheint Macduff unter der Last dieses Schicksals zusammenzubrechen:

„Er
Hat keine Kinder! All’ die süßen Kleinen?
Alle, sagst du? – O Höllengeier! – Alle!
Was! all’ die holden Küchlein, samt der Mutter,
Mit einem wilden Griff?“ (IV/3)

Dann aber rafft er sich empor. In wilder Entschlossenheit steht er, der alles, was ihm aus der *Natur* dieses väterlichen Erbstromes gegeben war, *geopfert* hat, jenem gegenüber, der diese Natur zur Gänze *verloren* hat:

„Ich will das Weib nicht mit den Augen spielen,
Und prahlen mit der Zunge! – Doch güt’ger
Himmel,
Kürz allen Aufschub ab! Stirn an Stirn
Führ diesen Teufel Schottlands mir entgegen;
Stell ihn in meines Schwerts Bereich;
entrinnt er,
Himmel, vergib ihm auch!“ (IV/3)

Das Heer steht bereit. Macbeth ist reif zur Ernte, wie es die Engelsstimme aus den Wolken verkündet: *„Schlag an mit deiner Sichel und ernte; denn die Zeit zu ernten ist gekommen, denn die Ernte der Erde ist dürr geworden.“ (Joh. Offenbarung, XIV, 15)*

# FÜNFTER AUFZUG

## *Der Somnambulismus der Lady Macbeth (1. Szene)*

In der Eröffnungsszene des fünften Aktes begegnen wir der Lady Macbeth zum letztenmal. Wenn irgendwo, dann liegt hier der Schlüssel zum Geheimnis ihres Wesens verborgen. Mit „offenen Augen", aber mit „geschlossenen Sinnen" sehen wir sie, eine Kerze in der Hand, schlafwandelnd das Gemach betreten, in dem der Arzt und die Kammerfrau ihr seltsames Gebaren belauschen.

„Seitdem Seine Majestät in den Krieg zogen, habe ich gesehen, wie sie aus ihrem Bett aufstand, ihr Nachtgewand umwarf, ihr Kabinett aufschloß, Papier nahm, es zusammenlegte, schrieb, das Geschriebene las, es versiegelte, und dann wieder zu Bette ging: und die ganze Zeit im tiefen Schlafe." (V/1)

Des Arztes Diagnose lautet auf „eine große Zerrüttung der Natur". „Die Wohltat des Schlafes genießen, und zugleich die Geschäfte des Wachens verrichten. – In dieser schlafenden Aufregung, außer dem Umherwandeln und anderm Tun, was, irgend einmal, habt Ihr sie sprechen hören?" (V/1)

Die Kammerfrau bejaht die Frage, aber sie wagt es nicht, das Gehörte zu wiederholen. Da geschieht, worauf der Arzt bereits zwei Nächte harrt: Schlafwandelnd erscheint die Lady. Die Gebärde des Händewaschens, ihre Worte, – sie lassen keinen Zweifel darüber, welche Geschehnisse ihre Seele belasten: „Fort, verdammter Fleck! fort, sag' ich! – Eins, zwei! Nun, dann ist es Zeit, es zu tun. – Die Hölle ist finster! – Pfui, mein Gemahl, pfui! Ein Soldat und furchtsam! Was haben wir zu fürchten, wer es weiß, da niemand unsre Gewalt zur Rechenschaft ziehen darf?

– Aber wer hätte gedacht, daß der alte Mann noch so viel Blut in sich hätte?... Der Than von Fife hatte ein Weib: Wo ist sie nun? – Wie, wollen diese Hände denn nie rein werden? – Nichts mehr davon, mein Gemahl, nichts mehr davon; du verdirbst alles mit diesem Auffahren." (V/1)

Die Ermordung Duncans, die Bluttat an Banquo, der Überfall auf Macduffs Schloß, die ganze erdrükkende Last von Macbeths Verbrechen spricht sich aus durch ihren, der Worte unbewußten Mund. „Noch immer riecht es hier nach Blut; alle Wohlgerüche Arabiens würden diese kleine Hand nicht wohlriechend machen. Oh! Oh! Oh!" (V/1) Ein Seufzer, unbeschreiblich in seinem Stöhnen, dringt aus dem Herzen. „Ich möchte nicht ein solches Herz im Busen tragen, nicht für den Königsschmuck des ganzen Leibes." – Mit Erschauern spricht es die Kammerfrau. Und des Arztes Diagnose:

„Von Greueln flüstert man, – und Taten unnatürlich
Erzeugen unnatürliche Zerrüttung:
Die kranke Seele will ins taube Kissen
Entladen ihr Geheimnis. Sie bedarf
Des Beicht'gers mehr noch als des Arztes. –"
(V/1)

Ihr Anblick, so gesteht er, hat ihm „Schreck und Graun gemacht". Uns Miterlebenden wohl nicht minder. Das Rätsel um ihr Wesen heischt immer brennender eine Erhellung. Ob es überhaupt ganz zu lösen ist?

Die Kommentare beleuchten das Verhalten der Lady vornehmlich von der irdisch-menschlichen Seite und stimmen darin überein, daß Shakespeare die anfangs „Entweibte" und „Dämonisierte" wieder zu ihrer Menschennatur zurückführt. So meint *Schücking*, daß der Dichter ihr von Anbeginn Züge beizulegen versucht hätte, *„die stärker oder schwächer die unter-*

*drückte Natur verraten und anders etwa als bei einer Figur wie Richard III. oder Jago innere Widerstände zeigen, mit denen sie zu kämpfen hat. Sie selber hätte die Bluttat an König Duncan begangen, sagt sie,*

*„Hätt' er nicht*
*Geglichen meinem Vater, wie er schlief",*

*und zeigt damit, daß sie in ihrer eigenen Phantasie abgebrühter als in der Wirklichkeit ist. Daß sie tatsächlich trotz ihrer teuflischen Worte einen starken Zwang auf sich selber ausüben muß, um der unmenschlichen Tat fähig zu sein, verrät sich auch, wenn sie sich vorher durch einen ungewöhnlich kräftigen Trunk stärkt, d.h. sozusagen Mut antrinkt. Trotzdem hat sie ihre Nerven sehr viel besser als Macbeth selbst in der Hand. Daß sie ihnen gleichwohl zuviel zugemutet hat, zeigt der Fortgang der Geschehnisse." (8)* Schücking hat die halb gespielte, halb wirklich drohende Ohnmacht der Lady nach der Ermordung Duncans im Auge. Solcherart wäre der letztendliche Zusammenbruch genugsam vorbereitet, und die aus ihrem Menschsein erfließende Gewissensqual wohl verständlich.

Auch *Walter Naumann* ist der Meinung, daß der Entwicklungsprozeß, den ihr Gemahl durchgemacht hat, mit all seinen blutigen Konsequenzen, über ihre Kräfte geht. *„Die Begegnung mit dem Übersinnlichen, die Abschwörung des Menschlichen war zuviel für sie. Sie kann es nicht durchstehen, sie wird in das Menschliche zurückgenommen. Nicht mit ihrem bewußten Willen, der uns nicht mehr gezeigt wird, sondern in ihrem Unbewußten, das in den geltenden menschlichen und moralischen Gesetzen gebunden bleibt. Sie wird nicht fertig mit dem, was sie getan hat und wozu sie Helferin war. Der Dichter bringt sie nicht auf die Ebene des Bewußtseins, auf die Ebene der Einsicht und Reue, er beläßt sie in dem Zustand der quälenden Verfolgung ihres Tuns, das ihr keine Flucht erlaubt." (3)*

In ihrem Schlaf wird sie vom Unbewußten her, so argumentiert Naumann, von den Mächten der Ordnung überwältigt.
*„Lady Macbeth wird auch auf ein letztes Menschliches zurückgeführt. Sie wird nicht mehr fertig mit dem Leben, das sie geführt hat. Sie geht darin unter. Die Szene ihres Traumwandelns zeigt, wie das Chaos ihrer Erinnerung und ihres Gewissens sie überwältigt. Nur geistlicher Beistand, sagt der Arzt, könnte ihr helfen. Nötig wäre eine Sinnesänderung, zu der sie die Kraft nicht besitzt." (3)*
Soweit allein der menschlichen Perspektive das Wort erteilt wird, ist dieser Auslegung zuzustimmen und nichts hinzuzufügen. Man darf allerdings nicht überhören, daß Shakespeare die Lady, trotz ihrer seelischen Zerknirschung, von Malcolm als die „höllische Königin" – „fiend-like queen" (V/7) – bezeichnen läßt. Daß wir daher auch der menschlichen eine metaphysische Perspektive zur Seite zu stellen haben. Und für diesen transzendenten Hintergrund scheint uns ihr Somnambulismus von größter Bedeutung zu sein. Denn er gibt uns – geisteswissenschaftlich untersucht – eine Grundlage, die konkretere Schlüsse auf ihr Wesen zuläßt, als die bloß allgemeine Feststellung, sie wäre von ihrem „Unbewußten" überwältigt.

Der Somnambulismus ist, wenn wir den Darstellungen *Rudolf Steiner* folgen, ein potenziertes Traumbewußtsein, in dem es durch die Auslöschung der Ich-Kraft kein Sinnes- und Vorstellungsleben gibt. In Tätigkeit sind lediglich die drei Leibeshüllen, wobei der Astralleib es ist, der in Bilder umwandelt, was im Tagesbewußtsein durch das Ich zu Vorstellungen erhellt erscheint. Die *Potenzierung* dieses Traumbewußtseins haben wir in den *Handlungen* zu erkennen, die der Schlafwandelnde in merkwürdiger Regelmäßigkeit vollführt. Wie kommt es dazu?

Im ich-bewußten Zustand sind wir durch unsere Sinnesorgane von der Umwelt geschieden. Denn die

Außenwelt kann nur durch die Tore der Sinne in unser Bewußtsein treten. Was aber in diesem Tag-Bewußtsein ersteht, ist ja nur die Spiegelung der Dinge, nicht ihr Wesen. Wird nun die Ich-Tätigkeit ausgeschaltet, ist der Astralleib ja nicht in diesem Sinne von dem *wahren Sein* dieser Umwelt getrennt. Seine „Fühlfäden" reichen nach allen Seiten in das *Wesenhafte* der Dinge, das ständig um uns ist, und bei Tage nur durch das reflektierende Ichbewußtsein verdeckt wird, so wie das Sonnenlicht uns bei Tage die Sterne verdeckt. Doch *„wenn die Sonne des hellen Tagesbewußtseins untergeht, dann leuchten die Sterne im somnambulen Bewußtsein"*, – zitiert Rudolf Steiner einen Satz des deutschen Denkers *Stilling,* im Vortrag „Theosophie und Somnambulismus". (18)

Nun ist unser Ichbewußtsein ein Zustand, den sich der Mensch erst auf der *Erde* errungen hat, nachdem er in früheren Erdenzuständen andere Bewußtseinsformen durchzumachen hatte. Im Zusammenhang mit dem Somnambulismus geht Rudolf Steiner bis auf den alten *Saturn,* der ersten Erdeninkarnation, zurück: *„Als der Mensch zuerst als ein Wunsch der göttlichen Wesenheiten begann, da war er überhaupt in einer Art tiefen Trance. Die ganze Menschheit war damals in einer Art tiefen Trancezustandes, in einem ähnlichen Trancezustande, in dem heute diejenigen Somnambulen sein können, die bei solcher Ausschaltung des hellen Tagesbewußtseins in die tiefsten, sogenannten magnetischen Schlafzustände versetzt werden können." (18)*

Auf den tiefen, festen Schlaf der Lady und ihre regelmäßigen Verrichtungen wird seitens der Kammerfrau mehrmals verwiesen. Wir dürfen also den Schluß ziehen, daß sie ein Wesen sein muß, dessen Bewußtseinsstruktur sehr stark zur Auslöschung der Ich-kraft tendiert. Und im Zusammenhang mit ihrem absolut dämonischen Erscheinungsbild, das wir zu Beginn des Dramas erleben mußten, zweifelten wir, ob dieses

Wesen überhaupt ein menschliches Ich besitzen könne. Wir entsinnen uns der Ausschließlichkeit, mit der sie Macbeths Wunsch-Denken als *Schwur* fixierte, das Sichvollsaugen mit Mord-Dämonen, die herzlose Preisgabe ihrer Mutterschaft; in all dem stand ein Wesen vor uns, das gleich einer *Elementargewalt* handelte, bar jeglicher menschlicher Moralität.

Aufschlußreich aber auch ihre Worte nach Duncans Ermordung. Sie selbst hat die Dolche zurückgebracht, nachdem Macbeths Kraft versagte, sie hat das Antlitz der Kämmerer mit Duncans Blut gefärbt:

„Meine Hände
Sind blutig, wie die deinen; doch ich schäme
Mich, daß mein Herz so weiß ist.“ (II/2)

Das Bild eines „weißen Herzens“ ist ungewöhnlich. Gewiß kann man es in dem landläufigen Unschulds-Symbol deuten, da sie nicht selbst Vollstreckerin der Tat war. Doch läßt die einzigartige Exaktheit der Shakespeare'schen Bilderwelt, die mit ihrer Imaginations-Gewalt stets das Wesen in seiner letzten Tiefe trifft, diese Deutung nicht voll befriedigend erscheinen. Wohl sprechen wir von einer *weißen Seele* – „weiß wie Schnee“ – wenn ihr Unschuld eignet, aber das *Herz* – „rot wie Blut“ – kann als metaphorisches Bild der Bluteskräfte nicht weiß sein. Wo das Herz, das Blut *weiß* ist, – da ist kein Herz; da ist kein Blut und damit auch kein *Ich!* – Die bereits ausgesprochene Vermutung, daß wir es bei ihr mit einer Inkorporation dämonischer Wesenheiten zu tun haben, wodurch die Ausschaltung der eigenen Ichheit bewirkt wird, scheint durch diese Überlegungen erneut bestätigt. Und ihr jetziger, schlafwandlerischer Zustand erhärtet, was ebenfalls bereits ausgesprochen wurde: daß ihre Aktivität in gleicher Stärke abnahm, als jene Macbeths wuchs, und wir den Eindruck gewinnen mußten, als würde sie in seiner eigenen Astralität untergehen. Was von ihr bleibt, sind drei „Leibeshüllen", ein Stück zerrüttete Geschöpf-Natur.

Als Macbeth in der fünften Szene dieses Aktes, mitten im letzten Entscheidungskampf von ihrem Tode erfährt, scheint ihr Wesen völlig ausgelöscht zu sein:

> „Sie hätte später sterben können; – es hätte
> Die Zeit sich für ein solches Wort
> gefunden. –"
> (V/5)

Man liest aus diesen Worten meist nur die Liebelosigkeit und Seelenkälte Macbeths heraus. Das ist bestimmt richtig. Nur hat sie Macbeth zu Beginn in diesem Maße nie besessen. *Sie* besaß dieses „weiße Herz" in dem kein rotes, seelenwarmes Blut floß. Und es ist der Lady eigene Seelenkälte, die jetzt aus *ihm* spricht. Und wenn er den Verlust ihrer *Person* kaum betrauert, so vielleicht – neben allen äußern Umständen – deshalb, weil er sich ihr *Wesen* ganz zu eigen gemacht hat. Wie nichtig ihm dabei der irdische *Träger* dieses Wesens erscheint, spricht er ungeschminkt aus:

> „Aus! kleines Licht! –
> Leben ist nur ein wandelnd Schattenbild;
> Ein armer Komödiant, der spreizt und
> knirscht
> Sein Stündchen auf der Bühn', und dann
> nicht mehr
> Vernommen wird." (V/5)

Dieses „kleine Licht", das ist nicht mehr die Lady des Beginnes, in der er fand, was er selbst nicht besaß: den „Stachel", um „die Seiten seines Wollens anzuspornen". – Dürfen wir diesen Inkorporationsprozeß somit als eine hinter ihrem Wesen stehende, untersinnliche Realität annehmen, so wäre die Frage nach der

*Art* dieser Dämonen für die geisteswissenschaftliche Sicht von Bedeutung.

Von den kosmischen Kräften her betrachtet, führte uns der Somnambulismus vor allem zu der *astralen* Wesensschicht des Menschen, und damit zu einer *Monden*-Wirksamkeit. Ihr Einfluß auf ein schlafwandlerisches Verhalten ist bekannt, doch scheint in unserem Fall hierin nicht das entscheidende Kriterium zu liegen. Wir haben es vielmehr in der *Tiefe* ihres Schlafzustandes zu erkennen; eine Eigenschaft, die, wie wir hörten, mit alten *Saturn*-Kräften in Verbindung steht. In den Vorträgen über „Makrokosmos und Mikrokosmos (4) detailliert nun Rudolf Steiner genauer, *wie* die Planetenkräfte im Schlafe auf unsere dreifache Seelensphäre wirken. Wir erfahren, daß auf die „Empfindungsseele" der Einfluß des *Mars* von Bedeutung ist. Er löst dieses Seelenglied aus seinem Verhaftetsein mit unserer ätherisch-physischen Leibesnatur heraus. Auf die „Verstandes- und Gemütsseele" wirkt der *Jupiter.* *„Und diejenige Kraft, welche in besonderen Verhältnissen den Menschen zum* Nachtwandler *machen würde, die also während des Schlafzustandes auf des Menschen Bewußtseinsseele wirkt, die trägt im Sinne der alten Geisteswissenschaft den Namen* Saturn. – *Mars hat den Menschen eingeschläfert und ihn geweckt. Jupiter schickt ihm die Träume in seinen Schlaf, und der dunkle, finstere Saturn ist bei den Menschen, die seinem Einfluß* nicht widerstehen *können, die Ursache, daß er sie in ihrem Schlafe aufrüttelt und zu unbewußten Handlungen verführt."* *(4)* Offenbar kann die Lady diesen saturnischen Einwirkungen nicht widerstehen, weil scheinbar Wesenheiten von ihrer Seele Besitz ergriffen haben, die mit diesen Saturnkräften in besonderer Beziehung stehen. Saturnkräfte, mit einer zurückgebliebenen, dekadenten und daher *bösen* Wirkensgewalt. Dürfen wir den Gedanken aussprechen, daß uns Shakespeare in seiner Lady Macbeth ein von Saturn-Dämonen erfülltes Menschenwesen zeigt? Man darf es, wenn man es mit aller Lockerheit und Subtilität vollführt, und die Fülle eines dichterischen Geschehens nicht zu einer apodiktischen Übersetzung geisteswissenschaftlicher Erkenntnisse zusammenpreßt.

Bei diesen Saturnwesen hat man es mit dekadenten Abspaltungen aus der Sphäre der *Archai* oder *Asuras* zu tun. Unter den Asuras gibt es Wesen, „*die den Freiheitssinn in edler Weise ausgebildet haben*" und deren „*magische Gedankenkraft*" zur Bildung jener Wärme-Substanzen führte, die dem alten Saturn seine Struktur gaben und die erste Keimlegung des Menschenwesens bedeuteten. Es gibt aber auch solche Wesenheiten, „*die zu dem verwerflichen Egoismus verleiten*". *(19 und 20)* Von diesen, verwerflichen Egoismus verbreitenden „Geistern der Persönlichkeit" haben wir uns degenerierte Nachkommen vorzustellen, luziferisierte, ahrimanisierte Elementarwesen, die jedoch einen tiefgreifenden Einfluß auf den Menschen ausüben können. Es sind nach den Ausführungen Rudolf Steiners „*wilde, schaurige Wesenheiten, die alles, was etwa im Menschen an wilder, sinnlicher Gier und Begierde lebt, in einem weitaus höheren,* furchtbaren *Grade besitzen.*" *(21)* Weiters erfahren wir im gleichen Vortrag vom 6. 1. 1908, daß diese saturnischen Wesenheiten zwar überwiegend durch die menschliche Sinneswahrnehmung wirken, daß sie aber auch „*in gewisser Beziehung in der menschlichen Leber zu finden sind.*" Das Produkt der Leber ist die *Galle:* und: „Trinkt Galle statt der Milch," beschwor Lady Macbeth die Mord-Dämonen.

Stellt man die Ausführungen Rudolf Steiners den Phänomenen des Dramas zur Seite, wie etwa dieser Dämonen-Beschwörung, ihrem tiefen Somnambulismus, oder der Machtgier, von der sie gleichermaßen wie ihr Gemahl beherrscht wurde, dann kann dies vielleicht aufhellend für die Lösung jener Ur-Dämonie sein, von der ihr Wesen von Anbeginn umfinstert ist. Diese Sicht verleiht dem Drama in seiner Gesamtheit eine erschütternde Tragik. Denn wenn das so tief in Blut und Verbrechen verstrickte Paar den Einflüsterungen dekadenter Saturnkräfte letztlich erlegen ist, dann bedeutet ihr Schicksal *„Erbe“* des Saturn. Das heißt: Herauslösung aus einer einheitlichen Ganzheit, Abnabelung von der alten *Vater*-Welt, Begehrung nach eigener Entwicklung. Das heißt letztlich: *Los von Gott!* Und Macbeth setzt den Schlußstein auf diesem Wege der *Sonderung;* verführt von dem faszinierenden Erlebnis der eigenen Persönlichkeitsentfaltung „Sich-in-sich-selbst-zu-fühlen“, ist er den niederen, gestürzten Saturnkräften erlegen. Aus dieser restlosen Verstrickung in die Egoität aber gäbe es für den Menschen kein Entrinnen mehr, wären ihm durch das „Principium filii“ nicht jene Kräfte *neu* gegeben worden, die „nicht vom Weibe geboren sind.“

Doch auch Banquos Orakelwort erfährt eine tiefere, weit jenseits der Dämonenwelt liegende Erhellung: „Nicht so beglückt, und doch weit glücklicher.“ Der königliche, an Mut nicht geringere, ermordete Banquo, der von Duncan keine Auszeichnung erhielt, die Macbeth in doppelter Weise zuteil wurde, sein glücklicheres Los liegt darin, daß er jenes saturnische Erbe nicht in dieser egoistischen Selbstbezogenheit sondern in weisheitsvoller Selbstbeschränkung dargelebt hatte. So kann er wirklich Ahnherr eines neuen, echten Königtums sein. Und die bereits erwähnte Überlieferung, derzufolge Banquo als Ahnherr Jakobs I. und damit der Stuarts gilt, gewinnt den Wesensgehalt des „geistigen Wortes“.

### *Malcolms Heer rückt an. Der „wandelnde Wald“.* *(2. – 5. Szene)*

Der Rest des Aktes, die Szenenfolge *zwei bis sieben,* bringt die Auflösung, das Zum-Ereignis-Werden der gestellten Problematik. Malcolms Heer ist im Anmarsch.

„Das Heer von England naht, geführt von
Malcolm,
Seinem Ohm Siward und dem guten Macduff:
Von Rache glühen sie; denn ihr herbes Leid
Erregte wohl den abgestorbnen Greis
Zu blutig grimmem Kampf.“ (V/2)

Der ganze Adel Schottlands, die Jünglinge miteingeschlossen, die „ihre Mannheit“ prüfen wollen, steht wider den Tyrannen im Kampf und will sich bei „Birnams Wald“ mit dem Heere Malcolms vereinen.

Und Macbeth? Er befestigt Dunsinan, sein Schloß, auf dessen Boden er zum Entscheidungskampf antreten will.

„Toll heißt ihn mancher; wer ihn minder haßt,
Nennt's tapfre Wut; doch ist's gewiß, er kann
Den wild empörten Zustand nicht mehr
schnallen
In den Gurt der Ordnung.“ (V/2)

Toll – in hekatischer Sicherheit sich bis zum Wahnwitz wiegend, oder von echtem Mut erfüllt? Beides ist wahr.

„Jetzt empfindet er
Geheimen Mord, an seinen Händen klebend;
Jetzt straft Empörung stündlich seinen
Treubruch;
Die er befehligt, handeln auf Befehl,
Aus Liebe nicht.“ (V/2)

Kein Wunder also, wenn sein „gequälter Sinn auffährt und schaudert“.

„Muß all sein Fühlen sich doch selbst verdammen,
Weil's seiner Seele eignet.“ (V/2)

Doch Macbeth geht seinen Weg; er sah in seiner reizbaren Imaginationskraft und Phantasie das Grauen voraus, weiß, daß sein Waten im Blute kein Zurück mehr zuläßt; aber *„er gestattet dem Jenseits nicht, seine ganze Persönlichkeit zu ergreifen" (2),* wie Max Lüthi schreibt. Auch der einstige Held und Kämpfer, der „die Doppelstreiche doppelnd" (I/2) sich auf den Feind stürzte, lebt noch in ihm.

„Bringt keine Nachricht mehr! laßt alle fliehn;
Bis Birnams Wald anrückt auf Dunsinan,
Ist Furcht mir nichts. Was ist der Knabe
Malcolm?
Gebar ihn nicht ein Weib? Die Geister, welche
All irdisch Walten kennen, prophezeiten so:
Sei kühn, Macbeth, kein Mann vom Weib
geboren
Soll je dir was anhaben – Flieht denn immer,
Ihr falschen Thans, zu Englands Weichlingen –
Dies Herz und meinen Herrschergeist verwegen
Dämpft Zweifel nicht und soll
die Furcht nie regen."
(V/3)

Er ist zum äußersten entschlossen; will fechten, bis ihm „das Fleisch gehackt ist von den Knochen". Doch müssen uns hier, bei der Auflösung der gestellten Problematik Zweifel über die Richtigkeit moderner Auslegungen kommen. Stimmt die Deutung *Jan Kotts, „daß es aus dem Alptraum kein Entrinnen gibt, daß der Alptraum dem Menschen Schicksal und Los ist, oder – in unserer Sprache –, daß er die* Situation *des Menschen ist" (1)* ? Die Worte, die Macbeth in der *dritten* Szene zu Seyton, seinem Arzt, spricht, lassen erkennen, daß er die *Möglichkeit* einer anderen Seinsweise zumindest nicht vergessen hat; wenn er auch nicht weiß, wie die Gegenwart je wieder das Verlorene zurückgewinnen könnte:

„Ich lebte lang genug; mein Lebensweg
Geriet ins Dürre, ins verwelkte Laub:
Und was das hohe Alter soll begleiten,
Gehorsam, Liebe, Ehre, Freundestrost,
Danach darf ich nicht aussehn; doch, statt dessen
Flüche, nicht laut, doch tief, Munddienst und Hauch,
Was gern das arme Herz mir weigern möchte,
Und wagt's nicht.“ (V/3)

Man kann sich nicht fühllos davor verschließen, wie auch jetzt noch, im tiefsten Verlust seines Wesens, der *Mensch* sich aufs neue regt. Da ist zunächst die Frage nach der Lady. Macbeth ist nicht ohne Teilnahme an ihrem Schicksal, wie manche Kommentare uns wissen lassen, obwohl er Liebe zu ihr im edlen Sinn des Wortes – zugegeben – kaum gekannt hat. Immerhin nannte er sie „mein teures Leben“ –„my dearest love“ (wörtlich: meine teuerste Liebe) (I/5), als er sie nach der Schlacht begrüßte und ihr die Ankunft des Königs meldete. Jetzt fordert er vom Arzt, sie von den „Phantasiegebilden“ zu heilen, die sie bedrängen und krank machen:

„Kannst nichts ersinnen für ein krank' Gemüt?
Tief wurzelnd Leid aus dem Gedächtnis reuten?
Die Qualen löschen, die ins Hirn geschrieben?
Und mit Vergessens süßem Gegengift
Die Brust entled'gen jener gift'gen Last,
Die schwer das Herz bedrückt?“ (V/3)

Ganz fühllos ist er nicht geblieben für Gewissensqualen, sonst könnte er den Zustand seiner Gemahlin nicht so nachfühlend beschreiben. Doch nicht nur die Lady bewegt ihn und ihr Schicksal. Auch das Los des Reiches wird ihm in der Stunde der Entscheidung ein

Anliegen; das Reich, das er als König der Zerstörung überantwortete, weil er das wahre Wesen menschlichen Königtums – die *„Imitatio Dei" (Lüthi)* – verstümmelte und König-Sein nur in äußerer Macht und Größe, als herrschende Willkür verstand und genießen wollte.

„Arzt, könntst du meinem Land
Beschaun das Wasser, seine Krankheit finden,
Und es zum kräft'gen frühern Wohlsein rein'gen,
Wollt' ich mit deinem Lob das Echo wecken,
Daß es dein Lob weit hallte. –" (V/3)

Diese Worte allein auf eine medizinische Harnprobe einzuschränken, hieße an der Oberfläche kleben bleiben.

Als Quell alles Lebendigen gilt uns das Wasser, im irdischen wie im geistigen Sinne. Es erinnert uns an Macbeths Eintritt bei den Hexen: „Müßte selbst der ganze Schatz der Keimkraft der Natur zusammentaumeln – Antwort gebt auf meine Fragen!" Vergiftet sind alle „Wasser", in denen Skorpione und Basilisken hausen, – aber zu „früherm Wohlsein gereinigt" erfließen sie durch jenen, der als *Heiler* der *Menschheit* kam, „die Wasser zu beschaun."

Unüberhörbar klingt es auf; Wohl ist dem Bösen gelungen, worauf es hinterhältig zielte: Macbeth in Sicherheit zu wiegen und ihn damit in Wahnwitz und Zerstörung zu treiben. Aber eines war diesen Dämonen nicht möglich; ihm die *Erinnerung* an sein unvergängliches Wesen, sein „eternal jewel" (III/1) restlos auszutilgen. *„Im tiefsten Abgrund bleibt auf ihm ein Schimmer seiner eingeborenen Liebe zum Guten und damit ein Hauch tragischer Größe." (5)* Auch im tiefsten Sturz vergißt Macbeth nicht, was er einmal war: Mensch. Doch da drängt sich auch schon der andere Macbeth dazwischen, der Ruhelose, von Wut Besessene:

„Welche Purganz, Rhabarber, Senna führte
Wohl ab die Englischen? –
Nicht Tod und nicht Verderben ficht mich an,
Kommt Birnams Wald nicht her zum Dunsinan!“
(V/3)

Der Belagerung lachend, läßt er sein Banner auf die äusserste Mauer des Schlosses pflanzen.

„Unser festes Schloß
Lacht der Belagrung; mögen sie hier liegen,
Bis Hunger sie und Krankheit aufgezehrt.
Verstärkten die sie nicht, die uns gehören,
Wir hätten, Bart an Bart, sie kühn getroffen,
Und sie nach Haus gegeißelt. Welch Geschrei?“
(V/5)

Was gäbe es, das ihn erschrecken könnte? Das Fürchten weist er weit von sich:

„Verloren hab' ich fast den Sinn der Furcht.
Es gab 'ne Zeit, wo kalter Schau'r mich faßte,
Wenn der Nachtvogel schrie; das ganze
Haupthaar
Bei einer schrecklichen Geschicht' empor
Sich richtete, als wäre Leben drin.
Ich habe mich an Grauen satt gegessen;
Entsetzen, meines Mordsinns Hausgenoß,
Schreckt nun mich nimmermehr. –“ (V/5)

Glaubt er, was er behauptet? Eine irdische Todesfurcht hat der „Held“ Macbeth gewiß nie gekannt. Die metaphysische Furcht aber lehrte ihn sein Verbrechen. Und die weicht in Wahrheit nicht von ihm bis zum letzten Atemzug, trotz der prahlenden Selbstermunterung. Zwar, als ihm die Ursache des Geschreis gemeldet wird – der Tod seiner Gattin, von der wir später erfahren, daß sie wahrscheinlich „gewaltsam selbst ihr Leben geendet habe (V/7) –, bleibt er ruhig, und seine Worte könnten fast als Beweis seiner Interesse- und Lieblosigkeit gelten. So auch haben wir sie – vorwegnehmend – gedeutet:

„Sie hätte später sterben können; – es hätte
Die Zeit sich für ein solches Wort gefunden. – "
(V/5)

Wir wollen jedoch auch der Meinung *Bradleys* Gehör geben, der diese Worte von einem Menschen gesprochen hört, *„der gewissermaßen schon auf eine solche Nachricht vorbereitet und jetzt außer sich ist in der Erregung vor seinem letzten Kampf ums Leben. Jetzt hat er keine Zeit für Gefühle. Erst im Gedanken an das Morgen, das die Zeit für Gefühle bringen wird – wenn es überhaupt etwas bringen wird, sinkt die Eitelkeit aller Hoffnungen und alles Vorausschauens mit einer unendlichen Wehmut tief in seine Seele, und er flüstert vor sich hin:"*

*„Morgen, und morgen, und dann wieder morgen,*
*Kriecht so mit kleinem Schritt von Tag zu Tag,*
*Zur letzten Silb' auf unserm Lebensblatt;*
*Und alle unsre Gestern führten Narrn*
*Den Pfad des stäub'gen Tods. – "* *(V/5)*

*„Im tiefsten Abgrund bleibt auf ihm ein Schimmer seiner eingeborenen Liebe zum Guten, und damit ein Hauch tragischer Größe." (5)*

Und dann das Resümee über dieses Dasein auf Erden, wo alles eitel ist. Sicherheit wollte er ernten, und hat Chaos gesät; in seiner eigenen Brust, in der Seele seines Weibes, in ganz Schottland. *„Er, der Sicherheit wollte, hat zuletzt gar nichts mehr in der Hand, nicht einmal mehr einen Glauben; Macbeth landet im Nihilismus. " (2)*

„Aus! Kleines Licht! –
Leben ist nur ein wandelnd Schattenbild;
Ein armer Komödiant, der spreizt und
knirscht
Sein Stündchen auf der Bühn', und dann
nicht mehr
Vernommen wird; ein Märchen ist's, erzählt
Von einem Blöden, voller Klang und Wut,
Das nichts bedeutet. – " (V/5)

Doch nicht nur Thans und Edle verlassen ihn in diesem letzten Kampf. Krachend bricht der erste Pfeiler seines frevelnd-unbekümmerten Geborgenheits-Wahnes. Ein Bote meldet, was zu glauben jeder klare Menschensinn sich sträubt:

„Als ich den Wachtdienst auf dem Hügel tat, –
Ich schau' nach Birnam zu, und, sieh,
mich däucht,
Der Wald fängt an zu gehn...
Drei Meilen weit könnt Ihr ihn kommen sehn;
Ein gehnder Wald, – wahrhaftig!" (V/5)

Macbeth beginnt den Doppelsinn des „bösen Feinds" zu merken, „der Lüge spricht wie Wahrheit":

„Fürchte nichts,
Bis Birnams Wald anrückt auf Dunsinan; -
Und nunmehr kommt ein Wald nach Dunsinan.
Waffen nun, Waffen! und hinaus! – "
(V/5)

Auch er wollte, wie Faust, das Absolute, das Höchste greifen, aber er tat es nicht aus Weltinteresse; ihn leitete nackter Egoismus und so verkehrte sich ihm das *All* ins *Nichts: „der Machtsüchtige wird zum Todessüchtigen." (2)*

„Das Sonnenlicht will schon verhaßt
mir werden;
Oh! fiel' in Trümmern jetzt der Bau der Erden!
Auf! läutet Sturm! Wind, blas! heran,
Verderben!
Den Harnisch auf dem Rücken will ich
sterben.“
(V/5)

Der Wirklichkeitsbezug zu dieser Unwahrscheinlichkeit eines „gehenden Waldes“ ist unschwer herzustellen. Bereits die *vierte* Szene hat ihn aufgezeigt. Das Erschaute stellt nichts anderes dar, als die Ausführung des Tarnungsbefehles Malcolms an seine Soldaten:

„Ein jeder Krieger hau' sich ab 'nen Zweig,
Und trag' ihn vor sich; so verbergen wir
Die Truppenzahl, und irrig wird der Feind
In seiner Schätzung.“ (V/4)

Vom „geistigen Wort“ der Verwesentlichung her gesehen aber liegt tiefste Metaphorik darin. *Goethe* greift zum selben Bild-Gleichnis zu Beginn seiner, die Faust-Dichtung abschließenden Anachoreten-Szene:

*„Waldung, sie schwankt heran,
Felsen, sie lasten dran...“*

Es ist eine Waldung, die sich von der mineralischen Schwere der Erde gelöst hat, die uns das Tor zu höheren Bewußtseinsebenen öffnet, auf denen die ätherischen Lebenskräfte dem neuen Schauen sichtbar werden. Das „Wunder“ des wandelnden Waldes wird so zum Symbol des „neuen Menschen“, der geboren werden soll, begabt mit jenen parakletischen Gnaden-Kräften, wie sie der König von England besitzt, die Krankheit und Chaos zu heilen vermögen. – Hier zeigt sich der objektive Wahrheitsgehalt des Orakels, wie er weit über alle Hexen-Dämonie hinausgehend in der Evolution verwurzelt ist: die Heimholung dessen, was in die *Sonderung* trat, in den „Sündenfall", durch die wahren *Sohneskräfte:* Das gekrönte Kind mit einem Baum, das uns seinen geheimnisvollen metaphysischen Sinn nunmehr enthüllt. Ein junger König, der die irdischen Gesetze, die Gesetze der Schwere überwindet und uns hinweist auf jene Lebenskräfte, die „nicht vom Weibe geboren sind."

Und auch die Erscheinung des „blutigen Kindes" können wir nunmehr noch tiefer fassen. Erinnert sie uns doch an den Bethlehemitischen Kindermord, durch den einst auch ein König jene nicht dem Erbstrom unterliegende Kraft abzuwehren suchte.

Allein von dieser Warte ist auch der vorletzte Kampf Macbeths mit dem jungen Siward zu verstehen. Fast drängt sich einem *Unwille* auf, daß dieses blühende, junge Leben auch noch dem Tyrannenschwert geopfert werden muß. Warum noch diese Begegnung, unmittelbar vor Macbeths Ende? Ist des Blutes und Mordens noch nicht genug? Macbeth selbst gibt die Antwort:

> „Wardst vom Weib geboren. –
> Der Schwerter lach' ich, spotte der Gefahr,
> Womit ein Mann dräut, den ein Weib gebar."
>
> (V/7)

Es kann nicht des Dichters wahre Absicht sein, durch das Opfer dieses jungen Lebens allein dem Hexenwort Bestätigung widerfahren zu lassen. Es wäre furchtbar, wenn in diesem Sinne der Widersacher das letzte Wort sprechen dürfte. Das kann nur äußeres Scheinen sein. In Wahrheit zeigt das Schicksal dieses jungen Helden auf, daß *nichts,* auch nicht die edelste, lebenskräftigste Blüte dieser irdischen, den Kräften des Blutes unterliegenden Welt imstande ist, das *Böse* zu überwinden, das nach dem ehernen Lauf der Evolution nunmehr diese Welt beherrscht. Nur das *Opfer* dieser Kräfte befreit davon. Und der junge Siward bringt es mit seinem Leben. Ungleich schwerer aber ist das Opfer Macduffs, der nicht allein sein eigenes Leben zum Pfande setzte, der den ganzen Erbstrom seines Blutes hingab für den Sieg des Guten: „Weib und Kind, und alle armen Seelen aus seinem Stamm!" (IV/1)

## *Macbeths letzter Kampf*
## *(6. und 7. Szene)*

Macbeth steht am absoluten Nullpunkt seines Menschseins. Sein dämonisch-begehrender, vom Blut getränkter Wille hat ihn restlos an die *Tierheit* gefesselt:

> „Sie banden mich an den Pfahl; fliehn
> kann ich nicht,
> Muß, wie der Bär, der Hatz' entgegen kämpfen.
> Wo ist er, der nicht ward vom Weib geboren?
> Den fürcht' ich, keinen sonst." (V/7)

Der einstige Than von Cawdor, der *erste* Verräter, rettete noch alles, was aus seinem Sturz zu retten war: seine Menschenwürde. Dem zweiten Than von Cawdor, der Himmel, Mensch und Erde die Stirn bietet, ging diese Würde verloren. Trotzdem ist sie ihm keine leere Gebärde geworden. Die Kott'sche Deutung: *„Macbeth hat alle Erfahrungen bis zum Ende durchgemacht. Es blieb ihm nur die Verachtung. Das Wort Mensch ist zerstoben, und nichts ist übriggeblieben"*, – *(1)* stimmt nur für den äußeren Schein, nicht für das Wesen. Indem Macbeth um den Verlust dieser Würde weiß, anerkennt er auch ihren objektiven Wert. In den Worten, mit denen er Macduff den Kampf verwehrt:

> „Mit Blut der Deinen
> Ist meine Seele schon zu sehr beladen." – (V/7)

liegt der letzte Funke einer Menschlichkeit, die Macbeth trotz aller gegenteiligen Tatsetzungen immer in sich fühlte.

Der „Bluthund" – „dead butcher" (wörtlich: Todesschlächter, V/7) – und der Reine, der zum „Vollstrekker" legitimiert ist, da er alles opferte, „was vom Weibe geboren ward", stehen einander gegenüber. Macduff sucht die Wurzel des *„Übels"*, nicht die Triebe, die zwangsläufig aus ihr erwuchsen:

„Zeig dein Gesicht, Tyrann!
Fällst du, und nicht von meinem Schwert,
so werden
Mich meines Weibs, der Kinder Geister quälen;
Ich kann auf armes Kernenvolk nicht schlagen,
Die in gedungner Hand die Lanze führen.
Nur du, Macbeth, wo nicht, kehrt schartenlos
Und ohne Tat mein Schwert zurück
zur Scheide."
(V/7)

Gewiß: Tod dem Tyrannen! Aber nicht nach menschlichem Wähnen; der Himmel mag den Kampf entscheiden. Noch weiß im Schwerterklirren der Geforderte zu frohlocken, der bis zuletzt im Kampf bestehen und nicht dem „röm'schen Narren" gleich, wie Marc Anton im eigenen Schwert den Tod suchen will. Der mit sinnloser Verwegenheit tötet, was immer Leben hat, um das eigene zu bewahren.

„Verlorne Müh!
So leicht magst du die unteilbare Luft
Mit scharfem Schwert durchhaun, als mich
verletzen:
Auf Schädel, die verwundbar, schwing den Stahl;
Mein Leben ist gefeit, kann nicht erliegen
Einem vom Weib Gebornen."
(V/7)

Macbeths höhnendes Frohlocken erstirbt im Erkennen des Doppelsinnes des Hexenorakels. Auch der zweite Pfeiler seiner Sicherheit stürzt ein:

„So verzweifle
An deiner Kunst; und sage dir der Engel,
Dem du von je gedient, daß vor der Zeit
Macduff geschnitten ward aus Mutterleib."
(V/7)

Mag in diesem letzten sinnlosen Morden der letzte Funke einer Menschlichkeit in Macbeth erloschen sein, so liegt darin wohl das tragische Ende des Macbeth-Schicksals, doch das Drama spricht damit nicht sein letztes Wort. Es ist nicht wahr, was die moderne Interpretation uns als der Weisheit letzten Schluß glauben machen will: *„Der Schluß von Macbeth bringt keine Katharsis. Vor seinem Tode kann er nur noch so viel Lebende wie möglich mit sich ins Nichts ziehen. Das ist der letzte Schluß aus der Absurdität der Welt. Macbeth ist noch nicht in der Lage, die ganze Welt in die Luft zu sprengen, aber er kann bis zum Schluß morden." (1)* Wir müssen dieser Kott'schen These widersprechen. Denn allein schon im *Erkennen* des „Gaukelspiels der Hölle" liegt ein kathartisches Element. Und es liegt weiter in der Tatsache, daß allein der, der alles was vom Blute kommt, *geopfert* hat, der Weib und Kind – „Vater und Mutter" – verlassen hat, um des heilenden Geistes willen, daß einzig der allein Überwinder sein kann dessen, der sich an diesen Bluteskräften so schwer versündigt hat.

Macbeths Maß ist voll! Wenn er sich schließlich Macduffs Vergeltung stellen muß:

„Ich will mich nicht ergeben, um zu küssen
Den Boden vor des Knaben Malcolm Fuß,
Gehetzt zu werden von des Pöbels Flüchen.
Ob Birnams Wald auch kam nach Dunsinan;

Ob meinen Gegner auch kein Weib gebar,
Doch wag' ich noch das letzte: Vor die Brust
Werf' ich den mächt'gen Schild: nun magst
dich wahren;
Wer Halt! zuerst ruft, soll zur Hölle
fahren!
(5/7)

wenn er auch in *diesem* Kampf nicht feige verzagt, dann ist er nicht nur der blutbefleckte, wahnwitzige Tyrann, die Verkörperung des bösen „Engels dem er diente" –, er, der Verräter, ist auch der Selbst-Verratene, der von diesem „Engel" getäuschte und im Stich gelassene Mensch, dem nichts mehr blieb, als ein trügerischer Schild und sein rasendes Schwert: sein „Skorpion-Panzer" und sein tödlicher „Stachel".

In der Krönung Malcolms zum König von Schottland manifestiert sich eine menschheitliche Schicksalswende: „Die Welt ist frei!" Der Sieg des „Geistes" hebt die Verkehrung und Umwertung der Werte auf, die Welt und Mensch erfahren mußten. Die moderne Kott'sche Interpretation ist nicht zu Ende gedacht. Wie sie den Mord an Duncan sehr richtig als den „ersten Mord in der Geschichte" bezeichnete, durch den die alte Vaterwelt ihr Ende fand, so müßte sie im Sieg Malcolms ebenfalls einen „ersten" und „grossen" Sieg erkennen; den Sieg eines *Lebens,* das den Stachel des Todes überwunden hat. Denn das Drama begann mit dem Ende der alten *Vater*-Welt und endet mit dem hoffnungsfrohen Beginn der Sohnes-Kräfte. Mag vom „Wirklichkeitsbezug" her gesehen es auch richtig sein, daß Malcolm erst durch die Tat die Erwartungen wird erfüllen müssen, die man an seine Freiheitsbotschaft knüpft. In der Sicht der „Verwesentlichung" ist sein Sieg objektiv zu erkennen, als der glorreiche Anbruch eines neuen Bundes zwischen Gott, Welt und Mensch; denn mit Malcolms letzten Worten werden alle irdischen Dimensionen in den Bereich der *Gnade* gestellt:

„Alles, was uns sonst noch obliegt,
Das, mit der ew'gen Gnade Gnadenhort
Vollenden wir nach Maß und Zeit und Ort."

— — —

# LITERATURVERZEICHNIS

*Einleitung: Die dramatische Kunst Shakespeares*


1) Wolfgang Clemen: Das Drama Shakespeares, Göttingen 1969
2) J.W. v. Goethe: Shakespeare und kein Ende, Schriften zur Literatur
3) Karl L. Klein: Wege der Shakespeare-Forschung, Darmstadt 1971
4) Rudolf Steiner: Shakespeare und das neue Erziehungsideal. Aus: Meine holländische und englische Reise, 14. - 24. April 1922
5) J.W. v. Goethe: Schriften zur Kunst, Winckelmann und sein Jahrhundert, Artemis-Gesamtausgabe Bd. 13, S. 422, Zürich 1977
6) F. Oberkogler: Das Wintermärchen, eine geisteswissenschaftliche Studie, Stuttgart 1976


*Zum Drama: Macbeth*


1) Jan Kott: Shakespeare heute, München 1970
2) Max Lüthi Shakespeares Dramen, Berlin 1966
3) Walter Naumann: Die Dramen Shakespeares, Darmstadt 1978
4) Rudolf Steiner: Makrokosmos und Mikrokosmos, GA 119

5) A.C. Bradley: Zum Charakter des Macbeth, in: Wege der Shakespeare-Forschung, Darmstadt 1971

6) Rudolf Steiner: Welche Bedeutung hat die okkulte Entwickelung des Menschen für seine Hüllen – physischer Leib, Ätherleib, Astralleib – und sein Selbst? (GA 145)

7) Rudolf Steiner: Das Johannes-Evangelium im Verhältnis zu den drei anderen Evangelien, GA 112

8) Levin L. Schücking: Die Charakterprobleme bei Shakespeare, Stuttgart 1969

9) Rudolf Steiner: Das Lukas-Evangelium, GA 114

10) Rudolf Steiner: Bausteine zu einer Erkenntnis des Mysteriums von Golgatha. – Kosmische und menschliche Metamorphose, GA 175

11) Rudolf Steiner: Metamorphosen des Seelenlebens, GA 59

12) Rudolf Steiner: Geisteswissenschaftl. Erläuterungen zu Goethes Faust II. GA 273

13) Paul Arnold: Esoterik im Werke Shakespeares, Berlin

14) Rudolf Steiner: Die Apokalypse des Johannes, GA 104

15) Rudolf Steiner: Weltenwunder, Seelenprüfungen und Geistesoffenbarungen, GA 129

16) Rudolf Steiner: Okkultes Lesen und okkultes Hören, GA 156

17) Rudolf Steiner: Östliche und westliche Kultur in geistiger Beleuchtung, Vortr. v. 23. 11. 1921

18) Rudolf Steiner: Theosophie und Somnambulismus, Vortr. v. 7. 3. 1904, Berlin
19) Rudolf Steiner: Die Theosophie des Rosenkreuzers, GA 99
20) Rudolf Steiner: Geistige Hierarchien und ihre Widerspiegelung in der physichen Welt, GA 110
21) Rudolf Steiner: Vortrag vom 6. 1. 1908

Die Übersetzung stammt von Dorothea Tieck.

## ZEITTAFEL

| | |
|---|---|
| 1558 | Am 17. November stirbt Maria Tudor. Damit endet die Protestantenverfolgung in England. |
| 1559 | Am 15. Januar wird Elisabeth unter allgemeinem Jubel zur Königin gekrönt. |
| 1564 | William Shakespeare wird am 23. April in Stratford-on-Avon geboren. |
| 1570 | Pius V. exkommuniziert Elisabeth I. Der Lord Mayor von London verbietet den Schauspielern den Zutritt in die Stadt und untersagt Theateraufführungen in der City. |
| 1572 | Bartholomäusnacht in Paris. Die Niederlande erheben sich gegen Philipp II. von Spanien. |
| 1577 | Drake umsegelt die Erde. Plünderung der spanischen Niederlassungen in Chile und Peru. |
| 1578 | Wirtschaftlicher Ruin von Shakespeares Eltern. |
| 1582 | Shakespeare heiratet Anne Hathway in Stratford. |
| 1587 | Maria Stuart wird am 8. Februar in Fotheringay hingerichtet. |
| 1588 | Untergang der Armada. Christopher Marlow's „Doctor Faustus“ wird uraufgeführt. |
| 1589 | Essex landet in Portugal an der Spitze des englischen Heeres. |
| 1592 | Shakespeare: König Richard III. |
| 1593 | Todesjahr Marlows. Shakespeare: „Venus und Adonis“ erscheint mit der Widmung an den Grafen von Southampton. |

| | |
|---|---|
| 1594 | Shakespeare: Romeo und Julia. Shakespeares Theatergruppe spielt zum ersten Male bei Hof. |
| 1595 | Aufstand Irlands. |
| 1596 | Shakespeare: der Sommernachtstraum. Essex und Drake greifen Cadix an. |
| 1597 | Shakespeare kauft New Place in Stratford. „The Essays“ von Bacon. Theater Londons werden geschlossen. |
| 1598 | Bau und Eröffnung von „The Globe“, Shakespeare Mitdirektor. |
| 1601 | Verschwörung des Grafen Essex. 7. Februar Richard III. aufgeführt. 25. Februar Hinrichtung des Grafen Essex. Blutige Zusammenstöße beim Aufstand in Holland. Hamlet. 8. September: Tod von Shakespeares Vater. |
| 1602 | Blutige Unterwerfung Irlands. |
| 1603 | Tod Elisabeths I. Jakob I., Sohn Maria Stuarts, besteigt den englischen Thron. |
| 1603/04 | Zum ersten Male Vorstellungen der Shakespeare-Truppe bei Hofe. |
| 1605 | König Lear und Macbeth. Pulververschwörung. Volpone von Ben Jonson. |
| 1608 | Coriolan. |
| 1609 | Shakespeares Sonette erscheinen. |
| 1612 | Der Sturm. Shakespeare kehrt nach Stratford zurück. |
| 1613 | Das Globe-Theater wird durch einen Brand völlig zerstört. |
| 1616 | Am 23. April stirbt William Shakespeare |
| 1623 | Erscheinen des „ersten Folio“, der ersten Gesamtausgabe. |
| 1709 | Erste Shakespeare-Biographie von Nicholas Rowe. |

— — —

**Weitere Werkinterpretationen in der Reihe**
**AUF DER SUCHE NACH DEM UNVERGÄNGLICHEN**

**Bereits erschienen:**

| | |
|---|---|
| Friedrich Schiller: | Die Jungfrau von Orleans |

**In Vorbereitung:**

| | |
|---|---|
| Friedrich Schiller: | Maria Stuart<br>Wilhelm Tell<br>Wallenstein<br>Die Braut von Messina |
| Joh. Wolfg. v. Goethe: | Iphigenie<br>Die natürliche Tochter |
| Friedrich Hebbel: | Gyges und sein Ring |
| William Shakespeare: | Ein Sommernachtstraum<br>König Lear<br>Der Kaufmann von Venedig<br>Maß für Maß |
| Henrik Ibsen: | Peer Gynt<br>Die Wildente |
| Thornton Wilder: | Alkestiade in Verbindung mit Euripides |
| Jean Anouilh: | Antigone in Verbindung mit Sophokles |
| Bert Brecht: | Der kaukasische Kreidekreis<br>Der gute Mensch von Sezuan |